ESSAI SUR LA CRITIQUE, *POËME*,

TRADUIT DE L'ANGLOIS DE M^R. POPE;

AVEC

UN DISCOURS ET DES REMARQUES.

A PARIS,

Chez THEODORE LE GRAS, Libraire, au Palais,
La Veuve PISSOT, Quai de Conty,
ET
PH. NIC. LOTTIN, Imprimeur-Libraire, rue S. Jacques, à la Vérité.

M. D. CC. XXX.

Avec Approbation & Privilege du Roi.

Ornari res ipsa negat, contenta doceri.

Manilius.

A MONSEIGNEUR

LE DUC D'ORLEANS

PREMIER PRINCE DU SANG.

ONSEIGNEUR,

La Traduction que j'ai l'honneur de vous présenter est un précis des maximes que les meilleurs Critiques nous ont laissées sur le bon goût. L'Auteur qui joint à l'amour du vrai l'heureux talent de le rendre aimable, y soutient que la droiture du cœur doit toûjours accompagner la justesse de l'esprit, & que pour être bon Critique

il faut être honnête homme. Un tel Ouvrage semble en quelque façon avoir droit à la protection d'un Prince qui aime la vérité & la vertu. Ne pourrois-je pas aussi me flatter, MONSEIGNEUR, *que cet Essai ne seroit pas inutile au Jeune Prince qu'il a plû au Ciel de vous accorder ?*

Si j'avois conservé dans ma Traduction toutes les beautés de l'Original, la variété des images, dont il est rempli, auroit peut-être le pouvoir d'adoucir ce que les préceptes ont ordinairement de sec & d'ennuyeux. J'espere du moins, MONSEIGNEUR, *que vous voudrez bien l'agréer. C'est une foible marque de ma reconnoissance, & du profond respect avec lequel je me suis engagé d'être toute ma vie*,

MONSEIGNEUR,

Vôtre très-humble & très-obéissant Serviteur DU RESNEL.

DISCOURS DU TRADUCTEUR.

L'Essai sur la Critique dont je donne aujourd'hui la traduction, a eu parmi les Anglois presque le même succès que l'Art Poétique de Despreaux a eu parmi nous. De tous les ouvrages de M. Pope, c'est celui qui a été le plus universellement goûté : comme les principes & les maximes dont il est rempli sont d'un usage universel, on ne s'étonnera pas qu'il ait été si bien reçu d'une Nation qui veut juger de tout, & qui en veut juger avec connoissance de cause. Quoique le sujet en soit vaste & étendu, il semble que M. Pope l'ait épuisé, ou du moins qu'il mette le Lecteur si parfaitement dans les voies de la vérité, qu'il n'ait besoin que d'un peu d'attention pour ne tomber jamais dans le faux. Le seul endroit par lequel ce Poéme merite le nom d'Eſſai, c'eſt que véritablement l'Auteur ne lui a pas donné tout l'ordre dont il étoit ſuſceptible. Plus excuſable en cela qu'Ariſtote & qu'Horace dans leurs Poétiques, parce que ſon titre ne promet rien d'achevé.

Le Comte de Roſcomon * dans ſon Poéme ſur la maniere de traduire en vers, prétend que pour y réüſſir, il eſt à propos de choiſir ſon Auteur, comme on choiſit un ami, par la ſimpatie, & le rapport du goût & des inclinations. Ce ſera le moyen, dit-il, qu'il vous devienne familier : vous vous unirez avec lui de penſées, d'expreſſions, de ſtyle & d'eſprit ; bien-tôt vous ceſſerez d'être traducteur, & vous deviendrez un autre lui-même. Je voudrois pouvoir me flatter de ne devoir

* And chuſe an author as you chuſe a friend,
United by this ſympathetik bond.
You grow familiar, intimate, and fond,
Your Thoughts, your words, your ſtiles your ſouls agree,
No longer his interpreter, but he.

cet ouvrage qu'à l'heureuſe conformité de mes ſentimens avec ceux de mon Auteur. J'en avois d'abord commencé la traduction en Proſe; mais je m'apperçus bien-tôt qu'il me ſeroit impoſſible d'y réüſſir ſans le ſecours de la Poéſie.

Tout le monde convient qu'il n'y a rien de ſi concis que la langue Angloiſe. C'eſt en cela que les écrivains de ce pays font principalement conſiſter ſa beauté, & ce qui les détermine à lui donner la préference ſur la nôtre. L'illuſtre Auteur que j'ai déja cité, & qui eſt regardé comme un des grands Critiques de ſa nation, avoue que la langue Françoiſe * eſt abondante, fleurie, agréable à l'oreille : il

* Tis Copious florid, pleaſing to your ear,
With ſofteneſſ more perhaps than ours can bear.
But Who did ever in French authors ſee
The comprehenſive Inglish energy?
The Weighty bullion of one ſterling line
Dranwn te Franchwire, woud through whole page shine. *Roſcom.* ibid.

ajoute qu'elle a peut-être même plus de douceur que l'Angloiſe. Mais en récompenſe il défie qu'on lui montre jamais dans aucun de nos ouvrages cette force, & cette énergie Angloiſe, qui en peu de mots comprend tant de choſes. Un trait, dit-il, une penſée que nous renfermons dans une ſeule ligne, ſuffiroit à un François pour briller dans des pages entieres.

Il ſemble que M. Pope ait affecté de ſoutenir la gloire de ſa Nation ſur ce point. Entraîné par le caractere du genre Didactique qui demande naturellement beaucoup de préciſion ; mais plus encore par le goût de ſes compatriotes, il eſt extrêmement concis dans ce Poéme. On en pourroit peut-être retrancher quelques phraſes comme entierement ſuperflues ; mais il eſt impoſſible de trouver un ſeul mot d'inutile dans ces phraſes. Car pour le dire en paſſant, il faut bien diſtinguer la préciſion des penſées d'avec la préciſion des mots. Nos Critiques ne diſputeront pas la ſeconde aux Anglois, mais je doute qu'ils leur accordent la premiere.

Quoiqu'il en ſoit, la Poéſie dont le tour eſt plus preſſé, plus indépendant des liaiſons, & moins aſſervi aux contraintes de la conſtruction, m'a paru ſeule capable de répondre en quelque façon à cette brieveté. Je n'avois d'abord pris dans ma traduction que les libertés que l'Auteur auroit priſes lui-même, s'il avoit écrit en François ; mais l'avis unanime de tous ceux que j'ai conſultés, m'a forcé d'en uſer autrement. Quelque belles que ſoient les choſes, nous y voulons abſolument de l'ordre : c'eſt même ce qui diſtingue nos ouvrages de ceux de tous nos voiſins, & preſque le ſeul talent qu'ils ne nous diſputent pas. J'ai déja averti que M. Pope n'avoit pas crû devoir s'y aſtraindre dans cet ouvrage ; je me ſuis donc trouvé dans la néceſſité de le diviſer en chants, de rapprocher des idées trop éloignées, & de recoudre certains morceaux qui paroissoient détachés de leur tout. Mais pour y mettre toute la méthode que nous souhaiterions, il auroit fallu renoncer à la qualité de traducteur, & refondre tout le Poéme. Cependant c'est encore moins la maniere dont les Anglois expriment & arrangent leurs idées, qui m'a obligé d'y faire plusieurs changemens assez considerables, que la diversité qui se trouve entre leur façon de concevoir les choses & la nôtre.

Ce qui vient des Etrangers, dit Aristote dans sa Rhétorique, paroît admirable; & tout ce qui paroît admirable, plaît & réjouït. Cette pensée, si elle est vraie, ne peut trouver son application parmi nous. Soit amour de Nation, ou, comme il nous plaît de l'appeller, amour du bon goût, on nous accuse de vouloir tout ramener au nôtre; & il faut avouer que l'air étranger loin de nous plaire, est souvent un fâcheux préjugé contre tout ce qui en porte le caractere. Comme en cela nous nous laissons plutôt conduire par sentiment que par raison, il n'y a gueres que le tems & l'habitude qui puissent effacer ces impressions. Mais l'un & l'autre agissent lentement, & presque toujours sans que nous nous en appercevions.

Depuis la paix nous commençons, il est vrai, à nous familiariser avec les Anglois. La plûpart de ceux qui se piquent de bel esprit, ou de science, se croient à présent obligés d'apprendre leur langue. Leurs illustres Ecrivains ne nous sont plus inconnus; & si quelques-uns de nos Auteurs pouvoient être soupçonnés de les entendre, on seroit tenté de croire que ce seroit d'eux qu'ils auroient appris à faire un usage commun des mots les plus extraordinaires, à rafiner sur les sentimens du cœur, à mettre dans tous ses mouvemens des differences imperceptibles, & à former de tout cela un jargon presqu'aussi métaphyſique, & auſſi inintelligible que celui de l'Ecole. Mais cette eſpece de liaiſon eſt encore trop récente, pour me perſuader que nous ſoyons bien diſpoſés à ſimpatiſer enſemble; & il eſt étonnant qu'étant ſi voiſins, nous ſoyons ſi éloignés de goût & de ſentimens. Nous nous accommoderions encore mieux du caractere des Italiens. Les uns & les autres ont à la verité, par rapport à nous, quelque choſe de très-ſingulier dans leur façon de penſer, mais avec de grandes differences qu'il n'eſt pas inutile de remarquer, pour mettre le Lecteur plus au fait des Ecrivains Anglois.

L'Italien emporté par le feu & par la vivacité de ſon imagination, s'évapore, pour ainſi dire, & nous donne comme la fleur de ſon eſprit; l'Anglois rentre en lui-même, & tire tout de la profondeur de ſon genie. Les penſées du premier ne paroiſſent qu'ingenieuſes; celles du ſecond ne paroiſſent que ſolides. Les unes perdent à l'examen ; les autres y gagnent communément. Les penſées des uns ſurprennent par leur nouveauté ; mais il ſemble en même tems qu'on auroit pû les imaginer aiſément. Celles des Anglois ont je ne ſçai quoi de ſi extraordinaire & de ſi abſtrait, qu'on a peine à comprendre comment elles ont pû ſe préſenter à leur eſprit. Tous deux tombent ſouvent dans le bas & dans le puéril ; mais vous diriez que l'Italien s'y laiſſe aller par legereté, & que l'Anglois s'y précipite par réflexion. L'Italien ne peut s'empêcher de mêler quelque choſe de comique & de burleſque dans ſon ſérieux. L'Anglois au contraire conſerve toujours un certain air rêveur & ſérieux juſques dans ſon comique. Le premier vous éblouït d'abord ; mais lorſqu'on le regarde de près, on n'y trouve ſouvent que du faux, ou, comme on l'a dit, du clinquant. Le ſecond vous donne réellement de l'or, mais de l'or tel qu'il ſort de la mine, ſans couleur, ſans éclat; & mêlé de beaucoup de matieres étrangeres. Enfin, l'Italien réjouït & amuſe agréablement l'imagination; mais il eſt rare qu'il inſtruiſe. L'Anglois veut toûjours inſtruire; il y réüſſit même aſſez ſouvent; mais il occupe & fatigue ſi fort l'eſprit, qu'on ſort de ſa lecture comme de la compagnie de ces Sçavans réſervés & ſententieux qui gênent & qui laſſent dans le tems même qu'on les admire.

Tels ſont, ſuivant nos idées, les rapports & les differences qui ſe trouvent en matiere d'eſprit dans ces deux Nations. Il ſuffit que la peinture que je viens d'en faire, convienne au plus grand nombre de leurs Auteurs, pour que les particuliers qui ſe ſont élevés au-deſſus du génie qui regne parmi eux, n'aient pas lieu de s'en plaindre. Comme tous ceux d'une Nation ne peuvent pas ſe flatter d'avoir les avantages qu'on lui attribue; de même il ſeroit injuſte de prétendre que tous en eussent les défauts. De semblables portraits sont toûjours sujets à de grandes exceptions. C'est avec la même précaution que je souhaite qu'on lise ce que la nécessité où je me suis trouvé de toucher à plusieurs endroits de mon Auteur, m'oblige de dire encore sur le goût des Anglois en opposition avec le nôtre.

Ils aiment à donner à penser jusques dans leurs moindres écrits, & croient faire plaisir au Lecteur de lui laisser toujours quelque chose à deviner. Nous voulons qu'on nous épargne la peine de la recherche, & trouver tout sans qu'il en coûte rien à notre empressement. Ils imitent très-heureusement la nature; mais semblables aux Peintres Flamands, peu délicats sur le choix de la belle nature, tout ce qui la représente dans le vrai leur plaît: nous y souhaitons du choix, & malgré la finesse & la correction du pinceau, nous blâmons l'ouvrier, si son sujet n'est pas noble & grand. Plus attentifs au fond des choſes qu'à la maniere de les exprimer, pourvû que leurs penſées ſoient rendues avec force & avec netteté, ils prétendent qu'on doit être ſatisfait. Pour nous, accoutumés à confondre la beauté du ſtile avec la beauté du ſens, nous donnons ſouvent plus d'attention au tour de la penſée, qu'à la penſée même. Ce qu'ils appellent ſimple, naïf & familier eſt preſque toûjours regardé parmi nous comme bas, groſſier & trivial. * Ils conviennent que nous parlons & que nous écrivons bien; mais en même-tems ils ſoutiennent que nous ne ſçavons pas penſer. De notre côté nous leur reprochons que leurs penſées ſont ſi alambiquées, tirées de ſi loin, & ſi ſubtiles, qu'elles ne ſont qu'embarraſſer l'eſprit ſans l'éclairer. Ils aſſurent que nous n'avons aucune des parties

* C'eſt le ſentiment du celebre Waller dont j'aurai occaſion de parler ailleurs. Il n'en exceptoit que Corneille, comme on le peut voir dans une Lettre de S. Evremond au même Corneille.

qui forment le Poéte, & disent * nettement que nous ne pouvons prétendre à la gloire de l'être. Nous convenons qu'ils ont du feu, mais un feu sombre qui répand plus de fumée que de lumiere; qu'ils ont de l'imagination, mais de cette imagination qui tient plus des noires rêveries d'un mélancolique que des vives saillies d'un génie heureux & fécond; que leur style est fort & élevé jusqu'à l'enthousiasme, mais aussi nous leur appliquons ce mot de Pétrone, vous parlez plus en Poétes qu'en hommes, *plus Poeticè quam humanè locutus es*; & nous disons d'eux en particulier ce que le Duc de Boukinghan dit de tous les Poétes en general,

** *Pour un seul inspiré, dix seront possedés.*

* Nos compatriotes, dit le C. de Bolimbroke, écrivant au sieur Prior, sont aussi mauvais politiques, que les François sont mauvais Poétes. *Report. of the committee appointed for &c.* pag. 339.

** For ten Inspir'd, ten thousand are possest. *Essay upon Poetry.*

Le Chevalier Temple dans ses Essais, empruntant le langage de la Médecine, appelle l'Angleterre *la Région de la rate*. Et M. Addisson avoue que ses compatriotes sont naturellement imaginatifs. Ce temperamment sombre & atrabilaire, dit il *, qui est si commun dans notre Nation, nous jette dans une infinité de visions & d'idées bizarres ausquelles les autres Nations ne sont pas si sujettes: de là vient, selon ce grand génie, le goût qu'ils ont pour les allégories; & rien ne nous empêche aussi d'y rapporter cette multitude de comparaisons justes à la verité, mais trop recherchées, qu'ils entassent dans leurs ouvrages de quelque nature qu'ils soient; mais le François né vif & impétueux, s'impatiente de tout ce qui l'arrête dans sa course: il tend toujours

* Inglish are naturally fancifuls, and very disposed by that gloominess and melancholy of temper, wich is so frequent in our Nation to many wild notions, and visions to wich others are not so liable. *Spec.* 419.

à ſon objet, & traite d'importun & de frivole tout ce qui paroît l'en éloigner. L'Anglois qui joint à un génie vaſte & profond une facilité ſurprenante pour l'invention, ne peut ſe captiver dans les bornes d'une juſte exactitude; il hazarde ſouvent des choſes qui n'ont ni regle ni meſure, & tient pour maxime qu'un Poéte ne doit reconnoître d'autre maître qu'Apollon, c'eſt-à-dire en bon françois, ſon imagination. Pour nous, qui penſons qu'il eſt moins honteux à l'homme de ſe laiſſer conduire que de s'égarer, nous prenons volontiers pour guides les Anciens; & comme nous nous croyons obligés de nous ſoumettre aux regles, il n'eſt pas facile de nous perſuader qu'il y ait dans le monde aucune Nation aſſez privilegiée pour être en droit de s'en diſpenſer.

Il ne m'appartient point de décider ſur ce qu'il y a de juſte ou d'outré dans ces accuſations; encore moins de vouloir balancer les avantages que nous prétendons avoir ſur nos voiſins, non plus que ceux par leſquels ils ſe glorifient de l'emporter ſur nous. Je ne ſçai même s'il y a perſonne qui puiſſe ſe flatter d'être aſſez affranchi des impreſſions de l'habitude, & des préjugés de l'éducation, pour oſer le faire. Mais qu'on prouve ſi l'on veut que ſouvent la ſageſſe & la circonſpection de nos Auteurs dégenere en timidité; que ce qui nous paroît temeraire, n'eſt que hardi; que nous appellons licence, ce qui mérite le nom de genereuſe liberté, & que cette extrême retenue que nous nous impoſons ſur les idées & les expreſſions communes & ordinaires, vient d'une fauſſe délicateſſe qui énerve nos écrits, loin de les embellir; quand tout cela feroit évidemment prouvé, nos Ecrivains n'en concluëront jamais qu'il leur ſoit permis de bleſſer ouvertement les loix qu'ils trouvent établies. C'eſt à eux de s'y conformer juſqu'à un certain point, & de conſerver ce qu'elles peuvent avoir de bon, ſans chercher à plaire par ce qu'elles ont de défectueux. S'il eſt permis de flatter les hommes ſur leurs foibles, ce ne peut être qu'en vûe de les en guérir, & de les ramener au bon ſens. Notre langue ne manque point de force, c'eſt nous ſeuls qui en manquons, & qui ne ſçavons pas la faire valoir. L'air mâle & nerveux, les heureuſes hardieſſes, les tours vifs & énergiques, & cette vigueur de penſées que les Etrangers admirent avec nous dans Montagne, la Bruyere, & ſur tout dans feu M. Boſſuet, Evêque de Meaux, le prouvent invinciblement. Cependant quoique ce ſoit par pure foibleſſe qu'un malade ait certains dégoûts & certaines répugnances ſur leſquels il ſemble qu'il ne puiſſe ſe vaincre, auſſi long-tems que dure l'indiſpoſition qui les produit, il y a de la folie & de la dureté à n'y point avoir égard; mais il y en auroit encore davantage à les entretenir par une condeſcendance exceſſive.

C'eſt M. Pope lui-même qui m'a fourni ce principe; il ſera donc aſſez genereux pour me pardonner de m'en être ſervi quelquefois contre lui. Au reſte, s'il m'eſt arrivé de diminuer la grandeur de ſes penſées, c'étoit uniquement pour les mettre à la portée de nos eſprits. Si je n'ai pas craint d'exprimer naturellement ce qu'il relevoit par une métaphore, ni de retrancher pluſieurs de ſes images & de ſes comparaiſons, je déclare que c'eſt beaucoup moins parce qu'elles m'ont paru répréhenſibles, que par l'impoſſibilité où je me ſuis trouvé de les faire goûter au commun de nos Lecteurs.

Et pour en donner un exemple qui mérite peut-être quelque attention à cauſe des conſéquences qu'on en peut tirer, dans le deſſein de jetter plus de ridicule ſur certains Critiques qui déchirent impitoyablement les Poétes, après avoir travaillé ſans ſuccès à le devenir, l'Auteur emploie cette comparaiſon : *Ainſi*, dit-il *, *de notre tems les Apothicaires à force de voir les ordonnances des Medecins, apprennent l'Art d'en joüer le rôle, & mettent hardiment en pratique des maximes qu'ils prennent mal : ils ordonnent, ils décident, & traitent enſuite leurs maîtres d'ignorans.* Cette image plaît aux Anglois : tous les François que j'ai conſultés la trouvent choquante. Il eſt bon de remarquer cependant que le mot Anglois *Apothicary* eſt tiré du Grec, comme notre mot françois Apothicaire, & qu'à l'exception de la terminaiſon, il ſonne préciſément de la même maniere. Cela ſuppoſé, il n'y a pas moyen de dire qu'il ſoit moins noble, ou plus propre dans l'une ou dans l'autre Langue, à réveiller certaines idées dégoutantes que le vulgaire attache à cette Profeſſion. Reſte donc que la difference vienne de la diverſité du ca-

* So Modern 'Pothicaries taught the art
By Doctors bills to play the Doctors ' part,
Bold in the practice of miſtaken rules,
Pr ſcribe, apply, and call their maſters fools.

ractére des deux Nations, dont l'une regarde comme noble, ou du moins comme indifferent tout ce qui entre dans le commerce de la vie dès qu'il a quelque utilité, & qu'il n'a rien de contraire aux premieres impreſſions de la nature : au lieu que l'autre s'eſt accoûtumée à conſiderer comme baſſe toute expreſſion deſtinée à ſignifier des actions, ou des emplois qui ne conviennent point en public à des perſonnes d'un rang diſtingué.

Et c'eſt-là, s'il m'eſt permis de le dire, la ſeule véritable raiſon pour laquelle Homere a pû ſans rien perdre de ſa dignité, deſcendre dans des détails qui rendroient aujourd'hui nos Poétes ridicules. Puiſque de ſon tems, comme dans celui des Patriarches, les Rois & les Princes tuoient les animaux qu'ils devoient manger, & préparoient eux-mêmes leurs repas ; qu'ils atteloientt leurs chevaux à leur char ; que leurs fils gardoient les troupeaux, & que de leurs propres mains les Princeſſes lavoient leurs linges, & alloient puiſer de l'eau aux Fontaines publiques : les termes dont on uſoit pour peindre ces actions, & le nom des divers inſtrumens qu'on y employoit, n'avoient alors rien de bas, parce qu'ils participoient en quelque façon à la nobleſſe des perſonnes qui s'en ſervoient. Mais au contraire la baſſeſſe de la plûpart de ceux qui exercent aujourd'hui parmi nous les Arts mécaniques, fait que nous attachons inſenſiblement des idées baſſes aux mots françois qui les expriment. Il n'eſt donc pas étonnant que les Sçavans ne joignent pas les mêmes idées à des expreſſions Grecques & Latines, que non ſeulement ils n'entendent jamais prononcer dans les rues, & dans les boutiques par des perſonnes de la lie du peuple, mais qu'ils ne rencontrent encore que dans des Livres anciens & reſpectés. On peut dire cependant que chez les Anciens ces mots ont quelque chose de plus sonore, & de plus harmonieux, que dans la plupart des langues vivantes; mais cet avantage ne peut servir qu'à rendre le stile plus doux, ou plus nombreux. Un vers dont la cadence frappe agréablement l'oreille, peut d'abord séduire l'esprit; mais cette illusion se dissipe bien-tôt; & quelque belle qu'on suppose une langue, il est impossible, comme certains Critiques ont voulu nous le persuader, qu'elle donne jamais par elle-même de l'agrément & de la noblesse aux plus petites choses.

Cette reflexion prouve évidemment que ce n'est point la faute de notre langue, mais plutôt la nôtre: ou, si les Etrangers veulent nous en croire sur notre parole, l'élevation, & la délicatesse de notre genie, qui bannit de tous les Ouvrages polis une infinité de choses qui fournissant aux Grecs & aux Latins des descriptions si variées & si touchantes, & que nous lisons encore avec plaiſir chez la plupart de tous nos voiſins.

Chaque Nation ſe croit en poſſeſſion de la meilleure maniere d'écrire, & s'eſtime ſouvent par les mêmes raiſons qui font que les autres la mépriſent. Toutes ont du moins, lorſqu'on les attaque vivement, une réponſe qui ſembleroit devoir arrêter le Cenſeur le plus déterminé, c'eſt de dire qu'on ne les entend point. L'Abbé Fontamini * moins eſtimable encore par ſa vaſte érudition, que par la juſteſſe de ſon goût, bien loin de ſouſcrire à la cenſure que le P. Bouhours dans ſa maniere de bien penſer, a faite des Auteurs Italiens, ſoutient qu'il ne les condamne, que parce qu'il les connoît mal, & il ne craint point d'aſſurer que tout ** Etran-

* Aujourd'hui Monſignor Fontamini Archevêque d'Ancyre.

** Ogni foraſtiere non é atto a giudicar degli altri ſtranieri, perche egli é nudrito dell' altera opinione delle coſe proprie, e del conto leggieriſſimo delle altrui. *Lettera ſulla eloquenza Italiana.*

ger eſt incapable de juger des autres Etrangers, parce qu'il eſt élevé dans une haute opinion des choſes de ſon Pays, & qu'il n'a qu'une connoiſſance très-imparfaite de celles des autres.

On ne peut ſe diſſimuler que ce principe ne ſoit vrai juſqu'à un certain point. Mais ſi l'équité nous défend quelquefois de juger des Etrangers, parce qu'étant éloignés d'eux, nous ne les connoiſſons pas aſſez, ne pourroit-on pas dire qu'il ne nous eſt pas plus permis de prononcer ſur nos propres Auteurs, par la ſeule raiſon que nous vivons au milieu d'eux ? Quand on eſt trop loin d'un objet, on ne le voit que confuſément, & rarement tout entier : quand on en eſt trop près, on ne voit que lui ; il offuſque la vûe, & dès lors on ne peut le comparer avec les autres. Qu'on m'aſſigne donc un juſte milieu, où l'on n'ait à craindre aucuns de ces deux inconveniens, lorſqu'il ſera queſtion de juger entre les Etrangers & nous.

D'un autre côté le même orgueil qui aveugle chaque homme en particulier, fascine en general les yeux de toute la Nation. Chacun se croit obligé d'en soutenir la gloire ; un interêt secret se met de la partie, & nous persuade aisément que le Pays où nous sommes nés l'emporte sur tous les autres. On le croit de bonne foi ; & le préjugé devient si fort, qu'on ne peut plus le distinguer de la raison. C'est en vain que ceux d'un avis contraire, après s'être épuisés en raisonnemens, en appellent au sentiment ; l'opinion vient à bout avec le tems de prendre chez nous la place de la nature. Ce que les autres ne peuvent lire sans peine dans nos Ouvrages, nous donne un véritable plaisir ; parce que nous sommes assez heureux, pour en trouver à tout ce que nous voulons. Ainsi quand on aime une chose, il est toujours vrai de dire, qu'on sent qu'elle est aimable ; mais d'en conclure qu'elle le soit réellement, ce seroit renoncer à toutes les lumieres du bon ſens, & de l'experience.

Où trouver donc un arbitre aſſez éclairé, & aſſez impartial pour prononcer entre la raiſon, & l'amour propre? Perſonne ne peut être Juge dans ſa propre cauſe, encore moins en matiere de bel eſprit, où il eſt plus aiſé de ſe faire illuſion que dans toute autre. Rien d'ailleurs de plus équivoque que ce qu'on appelle goût: la diſtinction du néceſſaire, & de l'arbitraire ſur ce point, échappe aux genies les plus pénetrans. Ne ſçait-on pas que dans tous les tems, les plus grands Critiques ont porté des Jugemens entierement opposés. Ciceron quelque excellent connoiſſeur qu'il fût d'ailleurs, regarde Plaute * comme le modele de la fine plaiſanterie, & lui trouve une délicateſſe particuliere pour les rencontres

* Duplex eſt jocandi genus .... alterum elegans, urbanum, ingenioſum, facetum, quo genere Plautus noſter refertus eſt. *Cic. Off. L.* 1.

ingénieuſes. D'un autre côté * Horace qui ſemble avoir recueilli tout le bon goût du ſiécle d'Auguſte, avance ſans crainte d'en être déſavoué, que ſes ancêtres avoient été aſſez bons, ou plutôt aſſez ſots pour applaudir aux pointes de ce Comique. Un Ancien avoit dit qu'il n'étoit pas étonnant que le fameux Temple d'Ephéſe eût été brûlé la même nuit qu'Alexandre vint au monde, parce que Diane étoit pour lors occupée à veiller ſur la mere de ce Prince. Le même Ciceron qui rapporte ce mot, ** ajoûte qu'il le trouve très juſte & très agréable, *concinnè ut multa Timœus*, &c. Si

* At noſtri proavi Plautinos & numeros, &
Laudavere ſales, nimium patienter utrumque,
Ne dicam ſtultè mirati, ſi modo ego & vos
Scimus inurbanum lepido ſeponere dicto.
Horac. Art. Poet.

** Qui cum in hiſtoria dixiſſet quâ nocte natus eſſet Alexander Dianæ Epheſiæ templum deflagraviſſe, adjunxit id minimè eſſe mirandum, quod Diana cum in partu Olympiadis adeſſe voluiſſet, abfuiſſet domo. *Cic. L. 2. de Nat. Deor.*

l'on en croit Plutarque * de tous les Historiens le plus judicieux, cette pensée est si froide, qu'elle eût été capable d'éteindre l'incendie.

Il est vrai que tous les hommes estiment Virgile, Horace, Ciceron, Tite-Live, Salluste, Tacite &c. Les Italiens admirateurs du Tasse, & les Anglois partisans de Milton, se réünissent à aimer l'Iliade, & l'Enéïde. Mais d'un autre côté il est constant que cette approbation, toute generale qu'elle paroît d'abord, tombe beaucoup moins sur les divers morceaux qui composent ces excellens Ouvrages, que sur le tout qui en resulte. C'est en ce point seul que conviennent tous les hommes; mais rien de plus étrange, & souvent de plus contradictoire que les jugemens qu'ils portent en particulier les uns sur le stile, & les autres sur les pensées de ces celebres Auteurs. Ajoutez à cela

* Ὡς ἡγησίας ὁ μάγνης ἐπεφώνηκεν ἐπιφώνημα κατασβέσαι τὴν πυρκαϊὰν ἐκείνην ὑπὸ ψυχρείας δυνάμενον. Vita Alex.

que pour la plupart, ils n'ont pas été tout d'un coup en possession de cette haute reputation dont ils jouïssent à present. Il leur a fallu des siécles entiers pour vaincre le mauvais goût ou l'envie de leurs contemporains. Le tems seul a pû mettre le sceau à la bonté de leurs écrits. Sans parler des Anciens, les assauts que le Tasse eut à soutenir de la part des Critiques dans son propre Pays, & l'obscurité où le Poéme de Milton aujourd'hui si fameux, a été long-tems enseveli parmi les Anglois même, ne sont que des preuves trop convaincantes de la foiblesse de l'esprit humain, & de l'incertitude de ses jugemens.

En faut-il davantage après les exemples qu'on vient de voir, pour apprendre aux hommes à suspendre leur sentiment, non seulement sur les Auteurs que la nature semble avoir mis hors des bornes de leur jurisdiction, mais même sur leurs propres compatriotes, qui paroiſſent plus de leur competence? En attendant qu'il s'éleve quelque genie extraordinaire, dont l'autorité ſoit ſi bien établie parmi toutes les Nations, que ſes avis ſoient des loix, dont il ne ſoit plus permis d'appeller, le parti le plus ſage & le plus équitable ne ſeroit-il point d'en uſer avec les Etrangers, comme Quintilien * veut que les modernes en uſent avec les Anciens? Si nous n'avons point de titre inconteſtable qui nous aſſure le premier rang dans la Republique des Lettres, ils ſont auſſi dans l'impuiſſance d'en alleguer aucun qui nous force à le leur ceder. Ils ont ſans doute leurs perfections & leurs défauts, comme nous avons les nôtres, & peut-être dans un mélange égal. Rien ne nous empêche d'en dire notre ſentiment; mais on ne ſçauroit le faire avec trop de reſerve, ni trop de retenue,

* Modeſte tamen & circumſpecto judicio de tantis viris pronuntiandum eſt, ne, quod pleriſque accidit, damnent quæ non intelligunt.

de

de peur qu'il n'arrive quelquefois de les condamner, ou même de les approuver parce qu'on ne les entend pas. Le bon ſens ne voudroit-il pas encore que dans ces occaſions on s'attachât plûtôt au deſſein, & à la compoſition de tout l'Ouvrage, qui doivent être les mêmes en tout tems, & en tout pays, qu'aux ornemens de chaque partie qui ne ſont point fondés ſur des principes invariables, & qu'on pourroit comparer à des modes indifférentes en elles mêmes, qui n'obligent que ceux parmi leſquels elles ſont reçûes?

A l'égard de nos propres Auteurs, ſi le torrent de la coutume ne doit jamais les contraindre à forcer leur ſtile, & leur eſprit, pour ſurprendre le Lecteur par des Epithétes rares & imprevûes, ou pour ſemer leurs Ecrits d'Antithéſes, dont toute la beauté conſiſteroit dans le choix & dans l'arrangement des mots; quoiqu'ils doivent encore moins s'aſſujettir à quitter le ſolide pour le brillant, l'utile pour l'agréable, & le vrai pour le ſpecieux, on ne peut diſconvenir cependant qu'ils ne ſoient dans l'obligation de ſe conformer en quelque façon au goût de la Nation qui doit les lire, & par conſequent les juger. La ſeule précaution qu'ils aient à prendre, eſt de s'en approcher aſſez, pour qu'on ne puiſſe pas les accuſer de s'en trop éloigner.

Et comme malgré toute ſa raiſon, l'homme ſe trouve ſouvent dans la malheureuſe néceſſité de ſe conduire par préjugé, & que toute ſa ſageſſe ne va communément qu'à choiſir entre les bons & les mauvais, il paroît qu'il n'en eſt point de plus raiſonable, ni de moins honteux que le préjugé de tous les âges, & de toutes les Nations qui nous porte à regarder les grands Auteurs de l'antiquité, comme les ſeuls modeles qu'on doive ſe propoſer. Ce reſpect ne doit point aller juſqu'à nous perſuader que tout ſoit de la même force, & de la même beauté dans leurs Ecrits. Mais si par un principe de reconnoissance, on ne se croit pas permis de les accuser du moindre défaut, il est selon M. de la Motte, * un moyen de conserver leur réputation sans faire tort à la sienne : c'est de suivre l'exemple de leurs plus grands défenseurs, qui se gardent bien de les imiter en certaines choses, quoiqu'ils trouvent toujours des raisons ingénieuses pour les justifier de tout ce qu'on leur reproche.

Si quelqu'un, meilleur François sans doute que Critique, s'imaginoit que dans ce que je viens de dire, je n'ai pas assez soutenu la gloire de la Nation, je lui répondrois avec M. de Voltaire **, *que le véritable amour de la Patrie, consiste à se montrer fideles sujets, & bons Citoyens ; mais que disputer seulement sur les Auteurs de notre Nation, nous vanter d'avoir parmi nous de meilleurs Poétes que nos*

* Discours sur la Poésie.

** Traduction de son Essai sur le Poéme Epique.

Voiſins, ce ſeroit plûtôt ſot amour de nous mêmes, qu'amour de nôtre Pays.

On ſent qu'il reſte encore beaucoup de choſes à dire ſur des matieres ſi importantes, & ſur leſquelles il eſt ſi difficile de fixer les eſprits. Peut-être que je pourrai un jour les déveloper avec plus d'étendue; mais je croi en avoir aſſez dit pour mettre le Lecteur en état de profiter de l'ouvrage que je lui préſente, & ſur tout pour me juſtifier de ne m'être point renfermé dans les bornes d'une traduction réguliere. Les ſeuls endroits ſur leſquels j'ai crû devoir être très-ſcrupuleux, ſont ceux où l'Auteur qui fait profeſſion de la Religion Catholique, déclame contre la corruption de cœur & d'eſprit, que les déſordres des regnes paſſés ont introduits dans ſa Patrie. On y verra juſqu'où vont le zele & l'eſprit de Religion dans un genie Anglois, & dans un Pays, où l'excès de la liberté fait ſouvent autant de mal, que l'excès de la ſervitude en fait dans pluſieurs autres.

Il a paru en 1717 un Poéme en cinq Chants, imprimé à Londres, & à Amſterdam ſous le titre d'*Eſſai ſur la Critique imitée de M. Pope.** Quoique le Sieur de la Pilonniere à qui on l'attribue, ſe ſoit approprié les penſées de ſon modele, il les a tellement habillées à la Françoiſe, ou plutôt à ſa maniere, qu'elles n'y ſont preſque plus reconnoiſſables. Il eſt même étonnànt qu'avec de ſi excellens materiaux, ce qui eſt la moindre louange qu'on puiſſe donner à l'Eſſai de M. Pope, il n'ait rien fait de plus juſte, ni de plus achevé. Il a tous les défauts qu'un François trouveroit dans l'Original Anglois, & en a rarement les beautés. *On ne peut juger* diſent les Journaliſtes de Trevoux **, *ſi ce Poéme eſt fait pour apprendre l'art de compoſer une Piece d'eſprit ſans défauts, ou*

* J'apprens qu'il y en a encore deux autres Traductions en vers François; mais je n'en ai pu recouvrer aucun exemplaire.

** Memoire pour le mois d'Août 1717.

l'art de critiquer les défauts d'une Piece d'esprit. Il jette au hazard, continuent-ils, *quelques reflexions sur les Auteurs & sur les Critiques de toutes les Nations ; mais sur tout de la sienne. Il le fait cependant quelquefois avec esprit, mais jamais avec ordre, & avec Jugement.* Si un Essai en vers ne demande pas autant de méthode, qu'un Traité en Prose, rien ne dispense au moins de mettre de la liaison, & de la justesse dans ses pensées ; & c'est par là qu'on trouvera peut-être ma Traduction aussi différente de l'Ouvrage du Sieur de la Pilonniere, que son Poéme l'est de celui de M. Pope.

Au reste je croi qu'il est inutile d'avertir qu'on ne doit point s'attendre à trouver dans le genre didactique la pompe & l'élevation du vers heroïque. On peut même assûrer qu'il en est incapable. Le Poéte, si des ouvrages de cette nature suffisent pour mériter ce nom, le Poéte, dis-je, y doit parler beaucoup plus au jugement qu'à l'imagination, &

par conſequent il ne lui eſt pas poſſible d'y donner l'eſſor à ſon genie. Cette verité a toujours paru ſi conſtante, que les Critiques * ont prétendu qu'Horace dans ſes Epitres, & ſur tout dans ſon Art Poétique, avoit exprès rabaiſſé ſon ſtile pour donner plus de poids à ſes préceptes, & pour faire voir que ce n'étoit pas ſur de grands mots, ni ſur des expreſſions ſuperbes, mais uniquement ſur le vrai, qu'il vouloit établir la ſolidité de ſes maximes.

Après tout, le genre didactique ne laiſſe pas d'avoir ſes ornemens, & ſes beautés, mais il ſemble que ſa nature ſoit d'être beaucoup plus inſtructif qu'agréable; & quoique M. Pope ſoit le plus poli & le plus inſinuant de tous les maîtres, c'eſt toujours un maître, & cette qualité entraîne avec ſoi quelque choſe de rebutant: il remonte juſqu'aux premiers principes: loin de chercher a diſ-

* Voyez les jugemens des Sçavans par M. Baillet à l'article d'Horace.

ſiper l'eſprit, ſon but eſt de l'appliquer: pour mieux inculquer ſes maximes, il eſt quelquefois contraint de les répéter & de revenir ſur ſes pas. Il eſt vrai qu'il a ſçû y faire entrer quelques digreſſions, comme pour ſervir de repos au Lecteur; mais bien des gens n'aiment point à ſe fatiguer, dans l'eſperance de ſe repoſer. La Satire eſt encore d'une grande reſſource dans ces ſortes d'ouvrages; mais ſi l'on y en trouve quelques traits, ils ne flattent pas beaucoup la malignité du cœur, parce qu'ils ſont pour la plupart jettés en general, ou qu'ils tombent ſur des particuliers qui nous ſont inconnus. Il faudra donc ſe reſoudre à l'écouter par raiſon; mais tout ce qu'on fait de la ſorte coute toujours un peu, même aux ſages.

Ce Poéme ne convient donc pas aux perſonnes qui liſent beaucoup moins pour s'inſtruire, que pour s'entretenir dans une douce oiſiveté; mais à l'égard de celles qui d'un eſprit plus ſolide &

plus étendu, ne craignent point la peine de la réflexion, & qui ne trouvent un livre bon, que lorsqu'il demande à être lû plus d'une fois, j'ose assurer que la lecture ne leur en sera point désagréable.

Qui essaieroit de lire les maximes de M. de la Rochefoucaut aussi rapidement qu'on lit une comédie ou des mémoires historiques, s'y ennuieroit immanquablement. Il en est à peu près de même de cet Essai sur la Critique; ce n'est qu'un enchaînement de pensées qui chargeroient l'esprit sans le nourrir, si on ne se donnoit le tems de les digerer, & d'en chercher en soi-même l'application.

Pour rendre cette traduction plus complette & plus utile, sur tout aux jeunes gens qui veulent se former le goût, & se remplir de principes solides & féconds, qui les mettent en état de juger non seulement de la Poésie, mais encore de tous les beaux arts, j'ai tâché dans des remarques particulieres insérées au bas de la page, d'en déveloper davantage certaines pensées, soit par mes propres reflexions, soit par celles des meilleurs Auteurs anciens ou modernes. Je me suis encore trouvé dans l'obligation d'y joindre quelques nottes absolument nécessaires. J'ai crû aussi qu'on y verroit avec plaisir les endroits que M. Pope a imité des autres : loin de vouloir par là rien diminuer de sa gloire je me suis flatté au contraire d'y contribuer : je me souviens d'avoir oüi dire à un homme d'esprit du premier ordre, & qui se fait honneur de le compter parmi ses amis, qu'il n'y avoit point de celebre Ecrivain, qui n'eût trouvé le secret de faire passer dans ses Ouvrages les beautés de ceux qui l'avoient précédé, & que jamais on n'imiteroit un Auteur, qui feroit profession de n'imiter personne.

ESSAI SUR LA CRITIQUE.

CHANT PREMIER.

L EST sur l'Helicon deux sommets différens,
Où chacun à l'envi brigue les premiers rangs.
L'un, courageux auteur, prétend par ses ouvrages
Du Public dédaigneux entraîner les suffrages ;
Et l'autre du bon goût rigide défenseur
Réforme le Parnasse, & s'érige en censeur.
Qui des deux risque plus, & qui pourroit me dire,
S'il est plus dangereux de juger que d'écrire ?
Mais, si le froid Auteur est toujours ennuyeux,
Un injuste Critique, est-il moins odieux ?
Je pardonne sans peine à l'Ecrivain vulgaire,
Dont la Muse m'endort en cherchant à me plaire ;
Mais ce guide trompeur, qui promt à censurer,

Après de longs détours ne fait que m'égarer;
Je le hais d'autant plus qu'il me commande en maître.
Tout n'est pas Despreaux, & chacun prétend l'être;
Chacun content de soi, suit sa foible raison,
Et des Arts qu'il ignore, ose donner leçon.
Cet âge si fécond en pedans didactiques,
A moins de sots Auteurs que d'ignorans critiques.
Le jugement, le goût, grands mots mal entendus
Sont par tout prononcés & par tout confondus;
Mais ce goût, cet instinct, cette lumiere sûre
Que l'art ingenieux puise dans la nature,
Cette flamme qui brûle au sein des grands Auteurs,
Doit être le flambeau qui guide les Censeurs.
Il faut également que le Ciel les inspire,

REMARQUES.

Vers 23. (*Mais ce goût, cet instinct, cette lumiere sûre.*) Un ouvrage ou les regles essentielles sont violées, ne sçauroit plaire; mais ce n'est point en raisonnant sur ces regles, dit Quintilien, qu'on juge des ouvrages dont le but est de toucher & de plaire : on en juge par sentiment, par impression, par un mouvement interieur qu'on ne peut expliquer; c'est pour cette raison que la plupart des critiques de profession qui supléent par la connoissance des regles à la finesse du sentiment qui leur manque quelquefois, ne jugent pas aussi sainement des ouvrages excellens, que les esprits du premier ordre en jugent assez souvent sans rien entendre aux regles de l'art. *Voyez les reflexions critiques sur la Poësie & la Peinture, Tom. 2, page 305.*

Les uns pour critiquer, les autres pour écrire.
L'homme le plus groſſier n'eſt point ſans jugement ;
Il diſcerne le vrai, du moins par ſentiment ;
Dans l'eſprit le moins clair l'équitable nature
Répand avec bonté quelque lumiere obſcure,
Y grave d'heureux traits, quoiqu'à demi touchés ;
Tels ſont de Raphaël les deſſeins ébauchés.
Mais irai-je alterer leurs empreintes legeres
Par un amas confus de couleurs étrangeres,
Charger mon foible ſens du poids d'un faux ſçavoir,
Etouffer ma raiſon, m'aveugler pour mieux voir?
Tel eſt devenu fat à force de lecture,
Qui n'eût été que ſot en ſuivant la nature.
Ceux-ci du merveilleux inſenſés partiſans,
Pour courir à l'eſprit s'écartent du bon ſens :
Mais laſſés d'être en butte aux traits des Satiriques,
L'eſpoir de ſe venger les transforme en Critiques :
Trop foibles pour jamais égaler leurs rivaux,
Aſſez forts pour ternir l'éclat de leurs travaux.

REMARQUES.

Vers 39. (*Tel eſt devenu fat à force de lecture.*) La ſcience comme les voyages, perfectionne les bons eſprits, & met le comble à l'impertinence des ſots : la multitude des choſes qu'ils ont vûes ou appriſes, leur donne la confiance de parler de tout, quoiqu'ils ne puiſſent juger de rien.

Quelques-uns dévorés d'une impuiſſante envie,
A rimer pour eux ſeuls paſſent leur triſte vie.
Qu'en dépit d'Apollon Mævius ait écrit,
S'il compoſe ſans verve, ils jugent ſans eſprit.
D'autres à la faveur de quelques chanſonnettes
Paſſent pour beaux eſprits, & bientôt pour Poétes ;
Le beau ſexe ſur eux forme ſes jugemens,
Et les voit comme amis, & ſouvent comme amans.
Montrent-ils au grand jour leurs frivoles remarques,
On rit du foible orgueil de ces faux Ariſtarques.
Que ces demi-ſçavans ſont communs parmi nous !
Telle on voit près du Nil dans un tems calme & doux
D'inſectes mal formés une engeance inutile
Couvrir de leurs eſſains la campagne fertile :
Oubli de la nature, animaux imparfaits,
Ils n'ont point de vrai nom, n'ayant point de vrais traits.

REMARQUES.

Vers 56. (*On rit du fol orgueil de ces faux Ariſtarques.*) L'exactitude avec laquelle le celebre Ariſtarque Gouverneur de Ptolomée Evergete, revit les Poéſies d'Homere, & l'approbation que toute l'antiquité a donnée à l'édition qu'il en publia, a fait que ſon nom eſt devenu un éloge, & qu'on l'a employé dans la ſuite pour exprimer un Critique judicieux & éclairé : Horace s'en ſert dans le même ſens.

Arguet ambiguè dictum, mutanda notabit
Fiet Ariſtarchus.

Pour les désigner tous, il me faudroit vingt pages,
Et j'ennuierois peut-être autant que leurs ouvrages.
Vous donc qui de Critique osant porter le nom,
Voulez plein d'un beau feu que guide la raison,
Donner & mériter une gloire suprême,
Connoissez vos talens, connoissez-vous vous-même :
En vain en croyons-nous une sotte fierté,
Le plus vaste genie est toujours limité.
Tous n'ont pas obtenu tous les dons en partage ;
Mais chacun a le sien : qui le connoît est sage.
Quand la mer sur nos bords se répand à grands flots,
Le rivage opposé voit décroître ses eaux :
Si d'un sçavant altier la memoire fidele

REMARQUES.

Vers 71. (*Tous n'ont pas obtenu tous les dons en partage.*) Non omnia possumus omnes. *Virgile Eclog.* 8.

Vers 72. (*Mais chacun a le sien*) Les hommes sans aucun esprit, sont aussi rares que le monstres, dit Quintilien : la nature a fait un partage inégal de ses biens entre ses enfans ; mais elle n'a voulu deshériter personne ; elle a choisi les uns pour leur donner les dispositions nécessaires pour réüssir dans certaines choses impossibles aux autres ; & ces derniers en ont reçû pour des choses differentes une facilité qu'elle a refusée aux premiers L'homme entierement dépourvû de toute espece de talens, est aussi rare qu'un genie universel. *Voyez les réflexions critiques sur la Poésie & la Peinture*, *Tom.* 2, *page* 9.

Obéït à l'instant que son orgueuil l'appelle,
Son esprit surchargé d'un immense trésor
Est pauvre en sa richesse, & prend en vain l'essor.
Si prompte à s'enflammer, trop vive, ou trop féconde,
L'imagination en mille objets abonde,
Le jugement languit & se laisse emporter
Par un torrent fougueux qu'il ne peut arrêter.
Présomptueux Mortels ! une seule science
Epuise votre vie, & votre intelligence;
Tant l'art est étendu, tant l'esprit est borné.
Le sublime Damon pour le Tragique né,
A vû sur le Comique expirer son génie.
N'allez pas imiter la funeste manie

REMARQUES.

Vers 85, (*Tant l'esprit est borné.*) Ce qu'on apelle un genie étendu, n'est qu'un genie resserré dans des bornes moins étroites que celui des autres. L'Art enseigne à les cacher ces limites, mais il ne peut pas les reculer. *Optimus ille est qui minimis urgetur.*

Vers 87. (*A vû sur le Comique expirer son genie.*) Tel Poéte demeure confondu dans la foule qui seroit au rang des Poétes illustres, s'il ne se fût point laissé entraîner par une émulation aveugle ; & si content de briller dans les genres de Poésie pour lequel il étoit propre, il eût pû resister à la vanité de s'appliquer à des genres de Poésie pour lesquels la nature ne l'avoit point formé. *Voyez les reflexions critiques sur la Poesie & la Peinture*, *Tom. 2*, *page 68.*

Vers 88. (*N'allez pas imiter la funeste manie.*) L'envie d'être réputé un genie universel, dégrade bien des gens d'esprit. Quand il est question d'apprétier un Auteur en general, on fait autant d'attention à ses ouvrages mediocres, qu'à ses

De ces Rois qui jaloux d'agrandir leurs Etats,
Perdent en un ſeul jour le fruit de cent combats
Pourquoi courir après une gloire étrangere,
Tandis que vous pouvez regner dans votre ſphére,

Des aveugles humains, éternel ſeducteur,
L'orgueuil, ce conſolant, mais dangereux flatteur,
Eſt des petits eſprits le vice inſéparable.
Inégale en ſes dons, la Nature équitable,
Pour faire à peu de frais tous les hommes contens,
Leur rend en vanité ce qu'elle ôte en talens:
De même dans les corps qui manquent de ſubſtance
Du ſang & des eſprits le vent remplit l'abſence.
Des ſentimens d'orgueuil ſans ceſſe renaiſſans
Occupent chez les ſots la place du bon ſens.
Mais au premier inſtant qu'à travers ce nuage,
La pure vérité peut s'ouvrir un paſſage,
L'orgueuil jette le maſque, & fuit à ſon aſpect.

Tout Auteur pour ſoi-même eſt un Juge ſuſpect.

REMARQVES.

bons Ouvrages, il court le riſque d'être défini comme l'Auteur des premiers, & par conſequent comme un médiocre Auteur. *Ibid.*

Vers 96. (*Inégale en ſes dons la Nature propice.*) Il ſemble que la Nature qui a ſi ſagement diſpoſé les organes de notre corps, pour nous rendre heureux, nous ait auſſi donné l'orgueuil pour nous épargner la douleur de connoître nos imperfections, *Reflexions morales.*

En vain ſur vos défauts un ami vous éclaire,
Un ennemi jaloux eſt un mal néceſſaire.
C'eſt peu d'être ſçavant, ſi vous n'étes profond:
Renoncez aux beaux Arts, ou ſçachez-les à fond:
Qu'un deſir paſſager jamais ne vous entraîne
Sur les bords dangereux qu'arroſe l'Hypocréne:
Ses ſubtiles vapeurs enyvrent le cerveau;
Mais la raiſon revient quand on boit en pleine eau.
Dans les premiers tranſports d'une vive jeuneſſe:
Eblouï par l'éclat des Nimphes du Permeſſe
Et flatté par l'eſpoir d'attirer leurs regards,
On ſe livre ſans crainte au plus noble des Arts:
Sa grandeur le dérobe à notre foible vue.
L'eſprit eſt trop borné pour ſa vaſte étendue:
Après de longs travaux on eſt ſurpris de voir

REMARQUES.

Vers 107. (*En vain ſur vos defauts un ami vous éclaire.*) La beauté & la bonté d'un Ouvrage conſiſtent en tant d'excellentes parties, qu'il eſt impoſſible qu'il n'y en ait toûjours quelques-unes qui ſoient défectueuſes; & par conſequent tout Ecrivain a toujours beſoin d'aides, & de réformateurs. Mais il eſt quelquefois dangereux d'emprunter pour cela le ſecours de ſes amis. L'amitié eſt ſouvent auſſi ingénieuſe à nous aveugler ſur nos fautes, que l'amour propre eſt habile à nous fermer les yeux ſur nos propres défauts.

Vers 108. (*Un ennemi jaloux eſt un mal néceſſaire.* C'eſt une vérité reconnue que la louange a moins de force pour nous faire avancer dans le chemin de la vertu, que le blâme pour nous retirer de celui du vice. Il y en a beaucoup qui ne ſe laiſſent point emporter par l'ambition; mais il y en a peu qui ne craignent de tomber dans la honte, & d'apprêter à rire à leurs ennemis. *Sentimens de l'Academie ſur le Cid.*

Que plus on ſçait & plus il en reſte à ſçavoir.
Sans craindre leur hauteur, & plein de confiance
Vers les Alpes ainſi le voyageur s'avance.
Les Cieux ſemblent d'abord s'abaiſſer ſous ſes pas:
Mais quel lointain affreux ! des neiges, des frimats!
Des rochers eſcarpés ! Ses yeux confus ſe troublent,
Et les Monts entaſſés ſur les Monts ſe redoublent.

La même en tous les tems, toujours brillante aux yeux,
La Nature répand un éclat radieux:
C'eſt de nos jugemens la ſeule regle ſûre ;
Pour qui ſçait l'écouter, ſa voix n'eſt pas obſcure :
C'eſt la regle, la fin, le principe de l'art:
Sans elle tout eſt faux, tout brillant n'eſt que fard:
Point de genie heureux que celui qu'elle inſpire,
Avec elle tout plaît, tout vit, & tout reſpire.
L'Art dans ce riche fond a droit de s'aſſortir:
Il ordonne, il fait tout ſans ſe faire ſentir;

REMARQUES.

Vers 135. (*Point de genie heureux que celui qu'elle inſpire.*) L'art ne ſçauroit faire autre choſe que de perfectionner les talens & les heureuſes diſpoſitions que nous avons réçûes en naiſſant. Mais l'art ne ſçauroit nous donner le talent que la Nature nous a refuſé. L'art ajoute beaucoup aux talens naturels; mais c'eſt quand on étudie un art pour lequel on eſt né. *Caput eſt artis decere quod facias. Ita neque ſine arte, neque totum arte tradi poteſt*, dit Quintilien.

Il se cache toujours, & toujours il domine ;
Telle dans un beau corps, cette flamme divine ;
L'ame en secret fournit les esprits, la chaleur,
Forme les mouvemens, donne aux nerfs leur vigueur ;
Sans paroître au dehors par ses effets sensible,
Aux seuls yeux de l'esprit elle se rend visible.

Loin d'ici tout Auteur qui sur ses vains écrits
Prétend fixer le goût, & regler les esprits.
La plus commune route est toujours la plus sûre ;
Les préceptes de l'art sont ceux de la Nature :
Son pouvoir absolu comme celui des Rois,
Ne peut être restraint que par ses propres loix.

La Grece pour les Arts fut du Ciel inspirée ;
Par ses doctes leçons votre Muse éclairée
Sçaura quand il convient de voler jusqu'aux Cieux ;
Quand il faut rallentir ce vol ambitieux.
Sur les endroits choisis des plus fameux modelles
Sa Sagesse forma ses regles immortelles,
Et pour guide assuré dans le sacré Vallon,
Envoya la Critique aux enfans d'Apollon :

REMARQUES.

Vers 139. [*Il se cache toujours, & toujours il domine.*) C'est la pensée du Tasse dans la Description du Palais d'Armide, Chant XVI. *L'arte é che tutto fà, e nullà si scopre.*

Elle y rétablit l'ordre, en bannit le caprice,
Et dans leurs jugemens fit regner la justice.
La Muse par ses soins vit croître sa beauté,
Et ne se para plus d'un éclat emprunté.
Dans les siécles suivans des hommes sans genie,
Qu'agitoit de rimer l'incurable manie,
Picqués de voir la Muse insensible à leurs feux,
A la Critique enfin adresserent leurs voeux:
Dès lors pour assouvir leurs vengeances secretes
Ils s'unirent entr'eux pour perdre les Poétes,
Et leurs firent sentir jusqu'où va la fureur
Des ingrats dont l'envie empoisonne le cœur.
Qu'on ne s'étonne plus si le nom de Critique
Suffit pour s'attirer l'aversion publique;
C'est la faute de l'homme, & non celle de l'art;
C'est que loin de le suivre, on decide au hazard.
Regardez ces Censeurs, esclaves du caprice
Ce qu'on appelle esprit, chez eux n'est que malice;
Sur le vrai, sur le faux souvent indifferens,
Scrupuleux, & chagrins, plutôt que penetrans,
Habiles à railler, incapables d'instruire,

REMARQUES.

Vers 179. [*Habiles à railler, incapables d'instruire.*] Un esprit né caustique, reprend tout ce qui lui donne occasion d'éxerçer son talent favori, & fort souvent il censure un passage, non parce qu'il est défectueux, mais parce qu'il lui fournit un

Ils n'établissent rien, leur but est de détruire.
Les uns aux Anciens prêtent des tours nouveaux,
Et pour les corriger les mettent en lambeaux:
C'est en vain que le tems respecte leurs Ouvrages;
Leurs sacrileges mains en mutilent les pages.
D'autres sans se connoître en nobles fictions,
Débitent sechement leurs froides visions,
Et du Poéme Epique enseignent la *reçette*:
Ceux ci pour étaler leur science indiscréte,
Par un vain Commentaire énervent un Auteur,
Et le font méconnoître à l'habile Lecteur.
De préjugés confus leurs ames possedées,
Ne se forment jamais que de courtes idées:
Critiquer selon eux, c'est ne pardonner rien;

REMARQUES.

bon mot. Il est si facile de réüssir en cela, que souvent des genies médiocres, dès qu'il paroît un nouveau Poéme, se trouvent assez d'esprit & de malignité pour en tourner en ridicule divers passages, & quelquefois même assez heureusement. Quoique le Lecteur judicieux n'en soit pas la dupe, ils ne laissent pas de faire impression sur l'esprit du Public, qui ne manque jamais de croire, que tout ce qui est tourné en ridicule avec quelque esprit, est absurde. *Voyez remarques de M. Addisson sur Milton*, no. 291.

Vers 181. (*Les uns aux Anciens prêtent des tours nouveaux*) M. Pope attaque ici ces Auteurs qui comme les Burmans, les Bentleys, & tant d'autres, font disparoître le texte sur lequel ils travaillent, pour y substituer des conjectures plus ingénieuses que solides, changent des mots, souvent des phrases entieres, & transposent les périodes, sans apporter d'autte raison de la liberté qu'ils se donnent, si ce n'est que le sens en seroit meilleur, & plus intelligible, ou le tour & l'expression plus conforme au tems, & au génie des Auteurs dont ils parlent.

Groſſir toujours le mal, & déguiſer le bien.
Vous qui ſur cette mer ſi fameuſe en orage,
Redoutez ſagement la honte du naufrage,
De ces premiers Auteurs qu'admire l'univers,
Connoiſſez le genie & les talens divers;
Leur fable, leur ſujet, & les mœurs de leur age;
Leur culte, leur Païs, mais ſur tout leur langage.
Si de vos jeunes ans les travaux journaliers,
Ne vous ont point rendu ces objets familiers;
Vous m'égayez en vain par vos traits ſatiriques,
Non, je ne vous mets point au rang des vrais Critiques.
Concevez pour Homere un véritable amour;

REMARQUES.

Vers 200. (*Non je ne vous mets point au rang des vrais Critiques.*) On ne peut mettre de ce nombre tout homme qui n'eſt habile que dans une ſeule ſcience, parce que le goût ne ſe forme que par une connoiſſance très-étendue; & qu'il y a d'ailleurs peu de Livres, dans leſquels il n'y ait qu'une ſeule eſpece de choſes à examiner. *Omnes artes quæ ad humanitatem pertinent, habent quoddam commune vinculum, & quaſi cognatione quadam inter ſe continentur.* Cic. pro Archia Poëta.

Vers 201. (*Concevez pour Homere un veritable amour.*) L'émulation des modernes ſeroit dangereuſe, dit Monſieur de Fenelon, ſi elle ſe tournoit à mépriſer les Anciens, & à négliger de les étudier. Le vrai moyen de les vaincre eſt de profiter de tout ce qu'ils ont d'exquis, & de tâcher de ſuivre encore pluſqu'eux leurs idées ſur l'imitation de la belle nature. Je crierois volontiers à tous les Auteurs de notre tems que j'honore & que j'eſtime le plus.

.... *Vos exemplaria Græca*
Nocturna verſate manu, verſate diurna. Hor. de Art. Poët.
Lettre à l'Academie Françoiſe.

Méditez-le la nuit; lisez-le tout le jour:
Lui seul peut vous conduire à ces grottes sacrées
Où sont loin des Mortels les Muses retirées.
Quand on sçait bien l'entendre, on sçait bien l'admirer;
Lui-même avec lui-même il faut le comparer;
Et que le seul Virgile en soit le Commentaire.
 Un jour qu'il prétendit en jeune témeraire
Chanter d'un ton pompeux les Rois & leurs combats,
Apollon l'avertit de prendre un ton plus bas.
Sans le secours de l'art guidé par la Nature
Il vouloit que l'esprit lui tînt lieu de lecture.
Mais enfin plus instruit, & moins ambitieux,
Il vit, quand la raison eut désillé ses yeux,
Qu'Homere & la Nature étoient la même chose.
Jaloux de l'imiter, d'abord il se propose
De former sur son goût ses durables écrits,
Bien-tôt il osera leur disputer le prix.
Suivre les Anciens, c'est suivre la Nature:
Qui respecte leurs loix ne craint point la censure.
Voyez sur leurs Autels les lauriers encore verds
Braver également l'envie & les hyvers.

REMARQUES.

Vers 280. (*Chanter d'un ton Pompeux les Rois & leurs combats*) Ce trait est tiré de Virgile;

Cum canerem reges & prœlia, Cynthius aurem Vellit, Eclog. 6.

Voyez tous les Sçavans leur rendre un juſte hommage,
Et vanter leurs travaux en different langage.
Que leurs vains ennemis à leur char enchaînés
Soumettent à leurs loix leurs eſprits obſtinés.
Heritiers immortels d'une gloire conſtante,
Poétes triomphans, ſouffrez que je vous chante;
Eſprits grands & divins, nés dans de meilleurs tems,
Le reſpect qu'on vous doit s'augmente avec les ans:
Comme on voit les ruiſſeaux dans une longue courſe
S'étendre, & ſe groſſir en fuyant de leur ſource;
Des Nations à naître, & des mondes nouveaux
Celebreront un jour vos noms & vos travaux.
De votre feu divin qu'une ſeule étincelle,
M'inſpire tout à coup une force nouvelle.
Sans redouter les traits de mille vains eſprits
Je combattrois pour vous armé de vos écrits:
Et reduiſant l'orgueil, à garder le ſilence,
Je préviendrois du goût l'entiere décadence.

REMARQUES.

Vers 229. (*Eſprits grands & divins, nés dans de meilleurs tems*) Virgile avoit dit,

Magnanini Heroas nati melioribus annis.

Vers 240. [*Je préviendrois du goût l'entiere décadence*] Il eſt à craindre ſelon Monſieur Rollin, que les jeux d'eſprit, les penſées brillantes, & ces eſpeces de pointes qui ſont aujourd'hui ſi à la mode, ne ſoient comme les avantcoureurs du mauvais goût Il eſt vrai qu'elles ſont ſoutenues dans quelques uns de nos Ecrivains par la ſolidité des choſes, par la force du raiſonnement, par l'ordre & par la ſuite du diſcours, & par une beauté de genie qui leur eſt naturelle; mais comme ces dernieres qualités ſont rares, leurs imitateurs courent riſque de ne prendre de leur ſtile, que ce qu'il a de moins eſtimable, comme firent ceux de Séneque, qui n'ayant pris que ſes défauts, ſe trouverent, dit Quintilien, autant au deſſous de leur modele, que Séneque lui-même étoit au deſſous de l'eſprit des Anciens. *Maniere d'étudier, & d'enſeigner les Belles Lettres. Tom. 2. p. 407.*

CHANT II.

IL est des agrémens qu'on ne doit point à l'art;
On les tient du genie, & d'un heureux hazard.
Quelquefois dans les vers comme dans la Musique,
Ce qui va droit au cœur, un trait brillant qui pique,
Est un je ne sçai quoi qui ne peut s'expliquer,
Mais que les Maîtres seuls sçavent bien remarquer.
Les regles n'ont été par les Sçavans tracées,
Que pour donner de l'ordre & du jour aux pensées:
Si donc il arrivoit qu'à les suivre obstiné,
Votre Ouvrage parût languissant, ou gêné,
D'une licence heureuse usez avec prudence:

REMARQUES.

Vers 2. [*On les tient du génie, & d'un heureux hazard.*] Si cela est vrai, il faut dire d'une pensée fine & délicate, ce que Monsieur de Tourreil disoit de la devise, que c'est une bonne fortune, mais qui n'arrive jamais qu'à un homme d'esprit.

Vers 7. [*Les Regles n'ont été par les Sçavans tracées*] c'est l'avis de Quintilien, *Neque tam sancta sunt ista præcepta; sed hoc, quidquid est, utilitas excogitavit. non negabo autem sic utile esse ple-*

C'est une regle alors & non une licence ;
Ce n'est qu'en s'éloignant des chemins frequentés
Que l'esprit peut trouver de sublimes beautés
Je vois les favoris des filles de Memoire
Confondant le Critique étonné de leur gloire,
Loin des bornes de l'art, saisir ces heureux traits
Que de vulgaires yeux n'apperçûrent jamais :
Leur censeur obstiné blâmant ce qu'il ignore,
Les perd soudain de vûe & les condamne encore ;
Tandis que sans souscrire à ce faux jugement,
Le Public entraîné les suit par sentiment.
Ce qui charme souvent dans une perspective,
C'est parmi les rochers une onde fugitive,
Une caverne informe, un précipice affreux,

REMARQUES.

rumque : verum, si eadem illa nobis aliud suadebit utilitas, hanc, relictis Magistrorum autoritatibus, sequamur. L. 2. c. 13.

Vers 22 (*Le public entraîné les suit par sentiment*). L'esprit d'invention, le fen Poétique, l'entousiame , la fierté, & la hardiesse des peintures nous forcent d'admirer dans le tems même que nous desapprouvons, & fait sur l'esprit la même impression que la lumiere du soleil fait sur les yeux. Nous ne sommes frapés que de sa splendeur, & le brillant éclat qui l'environne ne nous laisse point appercevoir ses taches.

Que la Nature a fait par un caprice heureux.
J'aime dans le Poéte un aimable delire,
Pourvû que la raiſon le conduiſe & l'inſpire.
Laiſſez les Anciens à l'exemple des Rois,
Legiſlateurs heureux, braver leurs propres Loix.
Un moderne éclairé, que conduit la prudence,
N'attend point du Public la même complaiſance:
Ne l'exigez jamais ſans un juſte ſujet
En violant la Loi, reſpectez-en l'objet,
Et qu'un autre avant vous ait pris cette licence:
Si vous n'alleguez point ces motifs de défenſe,
Aux termes de la Loi, vous êtes criminel,
Et le Cenſeur malin vous juge ſans appel.
Je ſçai qu'il eſt ſouvent de timides genies,
Qui traitent de défauts les beautés trop hardies.
Si vous conſiderez un coloſſe de près,
Trop voiſin de l'objet, vous confondez ſes traits;
Mais lorſque dans ſon jour par degrés on ſe place,
On y trouve d'accord la force avec la grace.
Un Guerrier en rangeant ſes bataillons épars
Ne s'aſtraint pas aux loix de *l'Ecole de Mars*: *
Mais ſelon ſon terrain il change de methode;

* C'eſt le titre d'un livre qu'on met ordinairement entre les mains des jeunes gens qui ſe deſtinent à la guerre. Cet ouvrage traite de tout ce qui regarde l'art militaire, des campemens, de l'orde des batailles, &c.

A ſes projets, aux tems, aux lieux il s'accomode;
Un ſtratagême heureux qui le rendra vainqueur,
Ne paroîtra d'abord qu'imprudence & qu'erreur;
D'un déſordre apparent naîtront mille merveilles:
Homere ne dort pas, c'eſt toi ſeul qui ſommeilles,
Tout Poéme qui plaît, n'eſt jamais mal écrit;
Rarement ſur le goût le cœur trompa l'eſprit.
Sophiſte pointilleux, je ris de ta cenſure,
Je ne t'écoute point, où parle la Nature.
J'aime mieux un Auteur ſublime & véhément,
Qui tombe quelquefois, mais toujours noblement.
Que ces Rimeurs craintifs, gênés dans leur juſteſſe,

REMARQUES.

Vers 52. (*Homere ne dort pas, c'eſt toi ſeul qui ſommeilles.*) Voudroit-on cependant par une prévention manifeſte donner à l'antiquité plus qu'elle ne demande, & condamner Horace pour ſoutenir contre l'évidence du fait qu'Homere n'a jamais aucune inégalité.

Quandoque bonus dormitat Homerus. Art. Poët. M. de Fenelon, Lettre à l'Academie Françoiſe.

Vers 55. (*Sophiſte pointilleux, je ris de ta cenſure.*) Pour moi diſoit Longin, je tiens qu'une grandeur au-deſſus de l'ordinaire, n'a point ordinairement la pureté du mediocre : il en eſt du ſublime comme d'une richeſſe immenſe, où l'on ne peut pas prendre garde à tout de ſi près, & où il faut, malgré qu'on en ait, négliger quelque choſe: un eſprit qui ne s'étudie qu'au grand, ne peut pas s'arrêter aux petites choſes, tout ce qu'on gagne à ne point faire de fautes, c'eſt qu'on ne peut être repris, mais le grand ſe fait admirer. Un ſeul de ces beaux trais & des penſées ſublimes qui

Où si rien ne déplaît, rien aussi n'interesse :
Pour écouter leur chants je fais de vains efforts,
Et sans les critiquer, je baille, & je m'endors.
Dans les efforts de l'art, dans ceux de la Nature
Quelques traits excellens semés à l'avanture,
N'excitent point en nous ce vif ravissement,
Que la beauté parfaite inspire en un moment.
Est-ce une jouë, un œil, une lévre riante,

REMARQUES.

sont dans Homere & dans les autres Auteurs celebres, peut payer tous leurs défauts.

Vers 60. (*Où si rien ne déplaît, rien aussi n'interesse.*) Pline le jeune parlant d'un Orateur de son tems qui avoit beaucoup de justesse & d'exactitude, mais peu d'élevation & de feu, dit qu'il n'a qu'un défaut, c'est de n'en point avoir. L'Orateur, ajoute-t-il, *& à plus forte raison le Poëte*, doit s'élever, prendre l'essor, quelquefois entrer en fureur, & s'abandonner, souvent même cotoyer le précipice. Il n'est ordinairement rien de haut & d'élevé qui ne soit près d'un abîme, le chemin est plus sur par les plaines, mais il est plus bas & plus obscur : ceux qui rampent ne risquent point de tomber, comme ceux qui courent; mais il n'y a pour ceux-là nulle gloire à ne tomber pas, ceux-ci en acquierent même en tombant. *L. 9. Ep. 26.*

Vers 64. (*Quelques traits excellens semés à l'avanture.*) La beauté du stile ne consiste ni dans les mots ni dans l'arrangement de chaque phrase prise en particulier; mais dans un certain air du discours, où tout est naturel, où tout coule de source, où rien n'est affecté, & cependant où tout plaît, où les grandes & les petites choses sont dites avec une grace égale, quoique differentes, où regne un certain sel & un assaisonnement qui en releve le goût, qui ne laisse rien d'insipide, qui se fait par tout sentir au Lecteur, qui pique sa curiosité, & qui, pour ainsi dire, excite sa soif, *ut non tam sit in singulis dictis, quam in toto colore dicendi.* Quintilien *apud* Rollin, maniere d'étudier & d'enseigner les belles lettres.

Dont le brillant éclat nous pique, & nous enchante?
Non; mais de tous les traits un ordre harmonieux
Seul donne à la beauté l'air noble & gracieux.
La merveille de Rome & de l'architecture,
Ce dôme *, si hardi dans sa rare structure,
N'offre rien en détail qui frape un curieux;
Mais le tout réüni charme & surprend les yeux.
On n'admire d'abord ni sa vaste étendue,
Ni ses murs si vantés, qui percent dans la nue;
De l'édifice entier le juste assortiment
Plaît en chaque partie, & brille également.
Il est beau d'ignorer certaines bagatelles;
Dédaignez d'obéïr aux maximes nouvelles,
Qu'un critique de mots débite hardiment:
Combien de faux esprits entêtés sotement
D'imaginations toujours mal assorties,

REMARQUES.

Vers 81. (*Qu'un critique de mots débite hardiment.*) Un Grammairien auroit mauvaise grace de chicaner ce beau vers de Racine.

Je t'aimois inconstant; qu'eussai-je fait fidelle?

parce qu'en rigueur il faudroit dire *je t'aimois lors même que tu étois inconstant, qu'eussay-je fait, si tu avois été fidelle.* Cela se sous entend sans peine: & ces sortes de petites licences de construction, bien loin d'être des fautes, font souvent un des plus grands charmes de la Poésie: il est donc d'un habile critique, selon la pensée de, Quintilien d'ignorer ou plutôt de paroître ignorer de semblables minuties. *Inter virtutes Grammatici habebitur aliqua nescire.*

* Le Dôme de S. Pierre.

Font

Font dépendre le tout d'une de ses parties !
Ils parlent en sçavans des préceptes de l'art
Et dans leurs vains écrits les laissent à l'écart :
Ils font de leur raison un honteux sacrifice,
Et décident toujours au gré de leur caprice.
Le fameux Chevalier que la Manche a produit,
Par son humeur errante en certain lieu conduit,
D'un Poéte autrefois fit l'heureuse rencontre ;
Habile en ce métier aussi-tôt il se montre ;
Parle d'un air rassis en termes pleins de sens,
Des regles du Théâtre, & des piéces du tems ;
Soutient que s'écarter des regles d'Aristote,

REMARQUES.

Vers 84. (*Font dépendre le tout d'une de ses parties*) Le sort des gens sans genie, comme l'a remarqué l'auteur des réflexions critiques sur la Poésie & la Peinture, est de s'attacher principalement à quelques parties de l'art qu'ils professent, & de penser aprés y avoir fait du progrès, qu'elle est la seule partie importante de l'art. Le Poéte dont le talent est de rimer richement, regarde comme médiocre tout Poéme dont les rimes sont négligées, quoiqu'il soit quelquefois admirable par l'invention & par la nouveauté des pensées. Tous les hommes veulent que le genre de mérite qu'ils ont reçû du Ciel, soit le genre de mérite le plus important dans la société. *Tom.* 2, *pag.* 350 & 351.

Vers 95. (*Soutient que s'ecarter des regles d'Aristote.*) Si dans ces derniers tems on a contesté à Aristote la qualité de Prince des Philosophes, on s'accorde assez à le reconnoitre pour le Prince des Critiques. Le P. Rapin dans ses paralleles avoit dit avant notre Auteur, que sa Poétique n'est à proprement parler que la nature mise en methode, & le bon sens réduit en principes : il n'a cependant jamais été Poéte ; & si les vers que Diogene Laerce lui attribue, sont véritablement de lui, ils ne peuvent lui en mériter la reputation. Mr. Pope l'appelle en deux endroits de ce Poéme le Stagirite, parce qu'il étoit né à Sta-

C'eſt parmi les écueils naviger ſans Pilote,
D'un ſujet qu'au Théâtre il prétendoit donner,
Notre Auteur avec lui ſe mit à raiſonner ;
Trop heureux s'il pouvoit mériter le ſuffrage,
Et ſuivre les avis d'un ſi grand perſonnage :
De ſa piéce il fit voir la ſage fiction,
Les mœurs, les mouvemens, l'intrigue & l'action :
Tout parut très exact, la fable, l'ordonnance :
Une choſe déplut ; le Rimeur par prudence
N'avoit pas dit un mot d'un combat en champ-clos.
Suprimer un combat, s'écria le Heros !
Oui ſans difficulté, quand on prétend écrire
Suivant les ſages loix du Cenſeur de Stagire
Non, dit le Chevalier, *non de par tous les Dieux* !
Ariſtote écrivoit & penſoit beaucoup mieux :
Chevaliers, Ecuyers, leurs Courſiers & leurs Armes
Embelliſſent la Scene & lui prêtent des charmes.
Quel Théâtre aſſez grand pour un tel apareil ?
Vous jourez en plein champ, à l'aſpect du Soleil.
C'eſt ainſi qu'un Cenſeur épris de ſa chimere,
Se ſert pour s'égarer du ſçavoir qui l'éclaire.
Le ſtile chez les uns tient toujours lieu d'eſprit ;

REMARQUES.

gire petite Ville de Macedoine, nommée aujourd'huy Liba-Nova.

Vers 117. (*Le ſtile chez les uns tient toujours lieu d'eſprit* ;) Quand

Pourvû qu'on paye en mots, du reſte ils ſont credit.
C'eſt par la diction qu'ils jugent d'un ouvrage;
Pour vanter un écrit ils n'ont que ce langage ;
Le ſtile eſt merveilleux; mais à l'égard du ſens,
Sur la foi de l'Auteur ils s'en tiennent contens.
Tout écrit qui de mots offre un vain étalage
Eſt un arbre étouffé ſous un épais feuillage:
Le Jardinier avide y cherche en vain du fruit.
Un frivole Ecrivain dont le brillant ſeduit,
Par ſes fauſſes couleurs au Priſme aſſez ſemblable
Pour vouloir tout orner, rend tout déſagreable :

REMARQUES.

vous voyez, diſoit Séneque, un ouvrage poli avec tant de ſoin & tant d'inquiétude, vous en pouvez conclure qu'il part d'un eſprit mediocre & occupé de petites choſes, un Ecrivain qui a l'eſprit grand & élevé, ne s'arrête point à de telles minuties, il parle & il penſe avec plus de grandeur, & l'on voit dans tout ce qu'il dit un certain air aiſé & naturel qui marque un homme riche de ſon propre fonds, & qui ne cherche point à le paroître. N'attendez rien de grand ni de ſolide de ces jeunes gens ſi friſés & ſi poudrés, *totos de pixide*, qui ſont toujours devant le miroir, & à la toillette ; il en eſt de même de tout Auteur qui donne trop d'attention à la beauté du ſtile, au choix & à l'arrangement des mots. *Ep.* 115.

Vers 128. [*Pour vouloir tout orner rend tout déſagreable*,] Quintilien a dit de Séneque, qu'il étoit rempli de défauts agréables, *abundat dulcibus vitiis* ; mais on en pourroit dire avec autant de raiſon qu'il eſt rempli de beautés déſagréables par leur multitude, & par ce deſſein qu'il paroît avoir eu de ne rien dire ſimplement, & de tourner tout en forme de pointes. Il eſt impoſſible, dit le P. Jouvency, qu'il n'échape une infinité

La Nature n'est plus reconnoissable aux yeux ;
Tout est également riant & gracieux.
Comme on voit du soleil la féconde lumiere
Repandre des beautés sur la nature entiere,
Et sans les alterer, dorer tous les objets ;
Il faut orner ainsi jusqu'aux moindres sujets.
Mais un genie outré dans ses fougues altieres
Admet les faux brillans pour de vives lumieres.
De ce qui peut fraper uniquement épris,
De traits vifs & nouveaux il seme ses écrits :
C'est un cahos luisant, un amas de pensées,

REMARQUES.

de choses froides & puériles à tout homme qui affecte de donner un tour fin & délicat à tout ce qu'il écrit, & qu'il ne lui arrive enfin de perdre par un grand nombre de traits forcés & insipides, la reputation de bel esprit, qu'une ou deux pensées rares & ingénieuses lui avoit acquises. *Nicole, Traité de l'éducation du Prince 2. Part. & Jouvency de arte discendi, & docendi.*

Vers 134. [*Il faut orner ainsi jusqu'aux moindres sujets.*] Pour la Poésie comme pour l'Architecture, il faut que tous les morceaux necessaires se changent en ornemens naturels. Mais tout ornement qui n'est qu'ornement, est de trop. Retranchez le, il n'y manque rien ; il n'y a que la vanité qui en souffre. Fenelon, *Lettre à l'Acad. Franc.*

Vers 139. [*C'est un cahos luisant, un amas de pensées.*) Un Ouvrage qui est par tout ajusté & peigné sans mélange & sans varieté, où tout frappe, où tout brille, un tel Ouvrage cause plûtôt un espece d'éblouissement qu'une veritable admiration. Il lasse, & il fatigue par trop d'ornemens, & il déplaît à la longue, à force de plaire : il faut, comme dit Ciceron, dans les ouvrages d'esprit, comme dans la Peinture, des ombres, pour donner du relief, & tout ne doit pas être lumiere. *De Oratore apud Rollin. Lib. laud.*

Confusément, ſans choix, & ſans goût entaſſées.
Vous voyez le Poéte & le Peintre ignorant,
Incapables du vrai, donner dans l'apparent
S'il faut avec douceur peindre les Graces nues ;
Et preſenter ſans fard leurs beautés ingenues,
Ils chargent leurs portraits d'or & de diamans,
Et cachent leur peu d'art ſous de faux ornemens.
Ce que j'apelle eſprit, c'eſt la vive peinture
Des naïves beautés qu'étale la nature ;
Qui fait que d'un coup d'œil le lecteur aperçoit
Un objet tout entier, & tel qu'il le conçoit.
L'ombre parmi les jours ſagement répandue,

REMARQUES.

Vers 145. (*Ils chargent leurs portraits d'or & de diamans.*) L'Auteur fait ici alluſion à ce que les Anciens rapportent d'un jeune Peintre qui ne pouvant exprimer les traits & les charmes d'Helene, s'aviſa de lui donner une draperie toute brillante d'or & de pierreries : ce qui fit dire à ſon maitre qu'il l'avoit fait riche, ne l'ayant pu faire belle.

Vers 147. (*Ce que j'apelle eſprit, c'eſt la vive peinture.*) Dans les ouvrages d'eſprit, il eſt deux ſortes de beautés, l'une conſiſte dans les penſées belles & ſolides, mais extraordinaires & ſurprenantes ; Lucain, Seneque, Tacite & Pline le jeune ſont pleins de ces ſortes de beautés. L'autre au contraire ne conſiſte nullement dans les penſées rares, mais dans un certain air naturel, dans une ſimplicité facile, élegante & délicate qui ne fatigue point l'eſprit, qui ne lui preſente que des images communes, mais vives & agréables, qui ne manque jamais de lui propoſer ſur chaque ſujet tous les objets qui peuvent le toucher, & d'exprimer toutes les paſſions & tous les mouvemens qui ſont une ſuite naturelle des choſes qu'elles repreſentent : cette beauté eſt celle de Terence, de Virgile, de Ciceron, de Tite-Live ; & comme il n'y a point d'Auteurs dont on ait moins aproché que de ceux-là, il eſt aiſé de voir qu'elle eſt encore plus difficile que l'autre. *Nicole, Traité de l'Educ. d'un Prince, 2 part.*

Anime la Peinture, & trompe mieux la vue :
De même un ſtile uni dans ſa ſimplicité,
Des traits ingénieux fait ſentir la beauté.
Comme trop de ſang nuit, & cauſe la mort même,
Trop d'eſprit quelquefois dépare un bon Poéme.
O trop heureux Damis! ſi ton eſprit fécond
Etoit accompagné d'un jugement profond;
Si dans tes vifs tranſports ſouvent trop d'abondance
De tes brillans tableaux ne gâtoit l'ordonnance!
Faut-il donc que l'eſprit ne puiſſe s'accorder
Avec le jugement qui doit le ſeconder.
Pégaſe dans ſon vol n'a que trop de viteſſe;
C'eſt à regler ſon feu que conſiſte l'adreſſe.
Ainſi d'un fier Courſier plus on retient l'ardeur,
Plus on retrouve en lui de nerf & de vigueur.

REMARQUES.

Vers 153. (*De même un ſtile uni dans ſa ſimplicité*) On doit craindre de prendre quelquefois pour baſſeſſe cette admirable ſimplicité, la perfection de tout Ouvrage & l'embelliſſement, ſi j'oſe ainſi parler, de la beauté même. Horace nous a donné cet avis lorſqu'il veut que la maniere de s'exprimer paroiſſe ſi naturelle, que d'abord on juge qu'il ſeroit fort aiſé d'entrer dans le même tour; & qu'il n'y ait que la réflexion ſur ce qu'elle a de fin & de délicat qui découvre la difficulté de s'exprimer avec le même bonheur. *S. Evremond.*

Que votre expreſſion naturelle & ſenſée
Par un juſte rapport s'uniſſe à la penſée.
Orner un trait commun de mots majeſtueux,
C'eſt parer un faquin d'ornemens ſomptueux.
Selon votre ſujet il faut changer de ſtile,
Prendre un autre air aux champs, un autre air à la Ville.
En formant de vieux mots un bizare jargon,
D'autres ſe ſont flattés d'acquerir du renom.
Anciens ſeulement dans leurs phraſes uſées,
Modernes dans le tours de leurs froides penſées.
Des riens ſi travaillés deshonorent l'eſprit;
Le ſot en eſt la dupe, & le ſcavant en rit.
Je m'imagine voir un cadet de Province
Etaler à la Cour d'un air content & mince
Des habits hors de mode achetés de hazard:
Ces froids imitateurs des défauts de Ronſard,
Paroiſſent anciens, comme un ſinge comique
Reſſemble à nos ayeux dans un pourpoint antique.

REMARQUES.

Vers 167. [*Que votre expreſſion naturelle & ſenſée*] Comme les mots ſont deſtinés pour exprimer les penſées, c'eſt d'elles qu'ils doivent naître. Les bonnes expreſſions ſont ordinairement attachées aux choſes mêmes, & les ſuivent comme l'ombre ſuit le corps. Ciceron *de Oratore lib.* 2.

Montrez-vous circonspect dans le choix de vos mots ;
Ils plaisent rarement trop vieux, ou trop nouveaux.
Imitez sur ce point la prudente méthode,
Dont le sage se sert à l'égard de la mode:
Vous ne le verrez point, ardent à l'inventer,
A la prendre trop prompt, trop lent à la quitter :
Qu'il est de vains Lecteurs dont l'étrange manie
Ne décide des vers que par leur harmonie !

REMARQUES.

Vers 185. (*Montrez-vous circonspect dans le choix de vos mots.*) En general on doit être fort en garde contre les nouveaux mots. L'abondance n'est pas toûjours une marque de la perfection des Langues. Elles s'enrichissent à mesure qu'elles se corrompent, si leur richesse consiste précisément dans la multitude des mots. Ce qui arrive par le peu de soin qu'on prend de choisir les termes propres & usités, & par la liberté qu'on se donne de dire tout ce que l'on veut sans avoir égard à l'usage, ni au genie de la langue ; ainsi à mesurer la richesse de la Langue Latine par le nombre des locutions, elle étoit plus riche du tems de Domitien & de Trajan que sous les premiers Empereurs. Bouhours *Entretiens d'Ariste & d'Eugene sur la Langue Françoise.*

Vers 192. [*Ne decide des vers que par leur harmonie*] On ne peut nier que l'harmonie n'ait un pouvoir merveilleux pour plaire, mais même pour faire impression sur les esprits, Il n'est guéres possible qu'une chose aille au cœur, quand elle commence par choquer l'oreille, qui en est comme l'entrée. Au contraire l'homme écoute volontiers ce qui lui plaît, & il est conduit par le plaisir à croire ce qu'on lui dit. *Voluptate ad fidem ducimur*, dit Quintilien.

Sont-ils doux & coulans ? dès lors ils ſont parfaits:
Ont-ils quelque rudeſſe ? ils les trouvent mauvais,
De mille attraits divers en vain brille une Muſe,
Sa voix, ſa ſeule voix leur plaît & les amuſe.
Apollon n'eſt pour eux que le Dieu des beaux airs,
Peu touchés des leçons qu'il mêle dans ſes vers,
Leur eſprit tout entier paſſe dans leur oreille.
Eſclaves de leurs ſens par une erreur pareille
Au lieu de profiter d'un Cantique touchant
Ils ne ſont occupés que des beautés du chant.
Frivoles amateurs d'une vaine cadence
L'art de coudre des mots fait toute leur ſcience !
Leurs vers vuides de ſens, montés au même ton
Font bailler le Lecteur peu touché d'un vain ſon.
Jamais de tours nouveaux, jamais de traits ſublimes,
Mêmes expreſſions, & toûjours mêmes rimes,

REMARQUES.

Vers 204. (*L'art de coudre des mots fait toute leur ſcience*) Les mots ne ſont que pour les choſes. Les expreſſions les plus choiſies, & les plus brillantes, ſi elles ſont dépourvûës de ſens, ne doivent être regardées que comme un ſens vuide & mépriſable qui n'a rien que de ridicule, & d'inſenſé : au contraire, ajoute Quintilien, il faut faire cas des raiſons, & des penſées ſolides, quoique deſtituées de tout ornement, parce que la verité par elle même, de quelque maniere qu'elle ſe montre, eſt toûjours aimable.

Vers 212. [*Mêmes expreſſions, & toûjours mêmes rimes*] Tout ce morceau eſt emprunté de M. de S. Evremond dans ſa Lettre au Marêchal de Crequy.

Par tout où vous voyez couler *de clairs ruisseaux*,
Il faut vous préparer *au doux chant des oiseaux.*
On apperçoit toûjours *une jeune Bergere*
Assise mollement *sur la tendre fougere.*
Entendez-vous les eaux *murmurer & fremir*,
Vous n'êtes pas en vain menacé *de dormir.*
Et pour finir des vers dont la rime est usée,
Vient un je ne sçai quoi, qu'ils appellent pensée;
Un rien embarrassé dans un tissu de mots,
Un certain feu follet qui contente les sots.
Pour vous, abandonnez à leur monotonie
Ceux qui n'aiment en vers qu'une froide harmonie:
Distinguez avec soin une mâle douceur,
D'avec un stile mou qui fait languir le cœur.
Par des secrets cachés aux Poétes vulgaires

REMARQUES.

Vers 216. (*Vient un je ne sçai quoi, qu'ils appellent pensée.*) Quoique certains Auteurs, dit M. Rollin, mettent une grande diversité dans leurs pensées, il y regne cependant un certain tour un peu trop uniforme, qui termine la pensée par un trait court & vif en forme de sentence, & qui semble avoir ordre de s'emparer de la fin des Periodes, comme d'un poste qui lui appartient, à l'exclusion de tout autre. Ces sortes de traits étoient, selon Senéque même, inconnus à l'Antiquité, & semblent par leur affectation étudiée, placés dans la seule vûe de mandier l'applaudissement: ils ne laissent pas cependant de donner beaucoup de grace, & même beaucoup de force au discours, pourvû qu'on les y emploie avec retenue, & avec discernement. *Maniere d'étudier & d'enseigner les belles Lettres*, t. 3.

Unissez dans vos vers les qualités contraires :
Aussi doux que *Waller*, aussi fort que *Denhant*,
Soyez tout à la fois & nerveux, & touchant.
Que votre Poésie, & forte & naturelle
Me soit de la Tamise une image fidelle.
Soyez profond, mais clair ; soyez doux sans lenteur ;
Plein sans vous déborder, rapide sans fureur.

REMARQUES.

Vers 225. [*Aussi doux que Waller.*] Ce Poéte s'est fait generalement admirer par la délicatesse & par l'élevation de son génie. Ses vers ont une douceur, & une harmonie qui lui est particuliere. Il étoit fort lié avec la Duchesse de Mazarin, & avec M. de S. Evremond. M. de la Fontaine qui entretenoit aussi commerce avec lui, l'appelle l'Anacréon d'Angleterre. Voluptueux comme ce Poéte, l'amour qu'il avoit pour le plaisir, ne lui permit jamais de faire de longs Ouvrages. Il sembloit qu'il n'écrivit que pour son amusement, celui de sa Maitresse & de ses amis. Les Anglois le comptent parmi les Poétes Lyriques, & le regardent en ce genre comme un des meilleurs de leur Nation. Il fit cependant sur la fin de sa vie, qui fut très longue, un Poéme sur l'amour divin en six Chants & quelques autres Poésies pieuses. *Extrait de l'abregé de sa vie qui se trouve à la tête de ses Oeuvres.*

Vers 227. [*Aussi fort que Denham*] Denham s'est rendu celebre par un Poéme intitulé *Cooper's hill.* C'est la description des bords de la Tamise aux environs de Londres, qu'on découvre du haut d'une Montagne dont le Poéme tire son nom. Quelques Critiques en trouvent le stile dur & raboteux ; mais tous conviennent que les pensées en sont d'une force & d'une élevation surprenante. Ses autres Poésies ne sont pas de la même beauté.

Vers 227. [*Que votre Poésie & forte & naturelle*] Ces quatre vers sont de ce même Denham, & sont citées par M. de Voltaire dans son Essai sur le Poéme Epique. Ils m'ont paru si beaux que j'ai cru qu'on ne seroit pas fâché de les retrouver ici.

La danse met en œuvre, & la force & l'adresse
Et sçait donner au corps la grace & la souplesse,
De même un stile aisé ne vient point du hazard ;
Un bon esprit le doit aux préceptes de l'art.
Mais c'est peu dans un vers que de fuir la rudesse ;
Il faut que le son même avec délicatesse
Fasse entendre au Lecteur l'action qu'on décrit,
Et que l'expression soit l'écho de l'esprit.
Que le stile soit doux, lorsqu'un tendre Zephire,
A travers les forests s'insinue, & soupire.

REMARQUES.

Vers 234. [*Un bon esprit le doit aux Preceptes de l'art.*] C'est proprement pour l'élocution, dit Quintilien, que l'art est necessaire, car le reste dépend plus de la nature. Mais quand on a étudié à fond la langue dans laquelle on écrit, que par une lecture exacte, & serieuse des bons Auteurs, on s'est fait un fonds de riches expressions, mais sur tout qu'on s'est rempli l'esprit des connoissances necessaires à son sujet, la diction ne coute presque rien. Quand on compose, il en est alors des mots comme des domestiques dans une maison bien reglée ; ils n'attendent pas qu'on les appelle, ils se présentent d'eux-mêmes, & sont toûjours prets au besoin. L. 8. *& Cic. de Oratore.* L. 3.

Vers. 238. [*Et que l'expression soit l'echo de l'esprit.*] *Rebus accommodanda compositio, ut asperis asperos etiam numeros adhiberi oporteat, & cum dicente æque audientem exhorrescere.* D'où il est aisé de voir, comme le remarque ailleurs Quintilien, de qui j'ai tiré ce passage, qu'il n'y a point de mots, quelque durs qu'ils paroissent par eux mêmes, qui placés à propos par une habile main, ne puissent contribuer à l'harmonie du discours, comme dans un bâtiment les pierres les plus brutes, & les plus irregulieres y trouvent leur place. *L. 9. c. 4.*

Qu'il coule avec lenteur quand de petits ruiſſeaux
Roulent tranquillement leurs languiſſantes eaux.
Mais les vents en fureur, la mer pleine de rage
Font-ils d'un bruit affreux retentir le rivage ;
Le vers comme un torrent, en grondant doit marcher.
Qu'Ajax ſouléve & lance un énorme rocher,
Le vers appeſanti tombe avec cette maſſe.
Voyez-vous des epics efleurant la ſurface,
Camille dans un champ qui court, vole, & fend l'air,
La Muſe ſuit Camille, & part comme un éclair.
  Par les divers accens du fameux Timothée
Admirez comme l'ame émue, & tranſportée
Quitte & prend tout à coup de nouveaux ſentimens:

REMARQUES.

Vers 249. [*Camille dans un champ qui court, vole, & fend l'air.*] M. Pope a tiré cette idée de Virgile.

Illa vel intactæ ſegetis per ſumma volaret
Gramina, nec teneras curſu læſiſſet ariſtas. Eneid. L. 7, v. 808.

Vers 251. [*Par les divers accens du fameux Timothée.*] Il étoit Mileſien fils de Terſandre auſſi celebre Muſicien. Il ajoûta à la Harpe la dixiéme & la onziéme corde. Ce que M. Pope dit ici du pouvoir de ſa Muſique ſur le cœur d'Alexandre, eſt confirmé par les anciens Auteurs. Ils en rapportent encore pluſieurs autres exemples, qui ſemblent ſi bien prouvés, qu'il n'y a que les Muſiciens de nos jours qui aient interet de les revoquer en doute.

Quand il change de ton, differens mouvemens
Partagent à l'envi le grand cœur d'Alexandre :
Il s'anime, il s'irrite, il veut tout entreprendre ;
Implacable Guerrier, foible amant tour à tour,
La gloire dans ſon cœur combat avec l'amour :
Avec tranſport tantôt il demande ſes armes,
Et tantôt il ſoupire, & ſe baigne de larmes.
Un Grec ſçut triompher du vainqueur des Perſans,
Et le maître du monde obéït à ſes chants.
Quel cœur n'éprouve pas ce que peut l'harmonie
Quand avec de beaux vers ſa force eſt réünie !

CHANT III.

EN vain contre l'erreur s'arme-t-on de ſcience:
Le ſçavant doit payer tribut à l'ignorance,
Toujours quelque défaut obſcurcit ſes écrits ;
Tel eſt le triſte ſort des plus rares eſprits.
Conſultez donc le but qu'un Auteur ſe propoſe.
S'il tient ce qu'il promet, que faut-il autre choſe ?
Si ſon deſſein eſt bon, s'il eſt exécuté,
Si le ſtile eſt correct & plein de netteté,
N'effacez point ſon nom du Temple de Memoire,
Quelques traits négligés n'ôtent rien à ſa gloire.
Evitez tout excès en parlant d'un Auteur ;
J'abhorre un envieux, je mépriſe un flatteur.
Condamner un écrit ſur une minutie,

REMARQUES.

Vers 12. [*J'abhorre un envieux, je mépriſe un flateur.*] Soyez ou plus, ou moins, ou auſſi habile, écrivoit Pline le jeune à un de ſes amis, vous avez également interêt à louer celui qui vous ſurpaſſe, que vous ſurpaſſez, ou qui vous égale ; celui qui vous ſurpaſſe, puiſque vous ne pouvez meriter de louanges, s'il n'en eſt pas digne ; celui que vous ſurpaſſez ou qui vous égale, puiſque la gloire qui lui revient, rehauſſe neceſſairement la votre. *Lib. 6. Ep.* 17.

Vers 13. [*Condamner un écrit ſur une minutie.*] Virgile en eſt-il moins admirable pour être tombé dans quelques mépriſes, comme lorſqu'il met des Cedres en Italie, des Cerfs en Affrique, & des crins ſur le cou des Serpens, auſſi-bien que ſur ce qu'il dit du ſacrifice de Didon ſuivant l'uſage des Romains, ou

C'est négliger le fonds pour la superficie.
Voyez le tout en gros: que le plaisir malin
De répandre avec art un dangereux venin
Ne vous derobe pas ce plaisir si louable,
Que donne aux bons esprits un ouvrage admirable.
Mais aussi n'allez point par un autre défaut
Au moindre trait d'esprit vous recrier trop haut.
Un sot sans cesse admire, un homme sage aprouve:
A travers un brouillard le voyageur éprouve,
Que les objets confus en paroissent plus grands;
Tout s'agrandit de même aux yeux des ignorans.
Differens prejugés entés sur la nature

REMARQUES.

de l'immolation d'un Taureau à Jupiter ? De semblables fautes n'échapent aux bons Auteurs, dit le P. Rapin, que parce que leur esprit occupé des grandes idées, ne peut descendre jusqu'aux petites.

Vers 24. [*Tout s'agrandit de même aux yeux des ignorans.*] Les merveilles, dit un Auteur, fuient devant des yeux sçavans.

Vers 25. [*Differens préjugés entés sur la nature.*] Les differentes passions des hommes, leur condition, leurs emplois, leurs qualités, leurs inclinations, leurs liaisons, leurs études, leur patrie & leurs engagemens mettent de fort grandes differences dans les idées qu'ils conçoivent des choses, & leur font souvent penser aujourd'hui de trés-bonne foi le contraire de ce qu'ils pensoient hier : il est donc de la sagesse de bien connoître le caractere, la profession, & sur tout les interêts d'un Auteur, pour faire le discernement de ce qu'on peut attribuer à ces differens prejugés d'avec ce que la liberté, & le dégagement d'esprit

Du

Du jugement humain corrompent la droiture :
Les uns pour nos Auteurs affectent du mepris,
Les autres des François rejettent les écrits ;
Aux Modernes ceux-cy donnent la préference ;
Ceux-là des Anciens adorent l'excellence :
Toute ſecte prétend avoir ſeule la Foi ;
Tout peuple ſur le goût veut ſeul donner la Loi.
On voudroit que le Ciel du bon ſens trop avare,
En eût fait aux humains un don encore plus rare,
Qu'arrêtant du ſoleil les rayons bienfaiſans,
Cet Aſtre moins fécond eût borné ſes préſens.
Les peuples du Midi vantés pour leur ſcience,
Ne reſſentent pas ſeuls ſa benigne influence ;
Et s'il échauffe moins les habitans du Nord,
Leur eſprit moins bouillant eſt plus mur & plus fort.

REMARQUES.

leur eût dicté en d'autres circonſtances & dans d'autres ſituations. *Jugement des ſçavans. Tome premier.*

Vers 29. [***Aux Modernes ceux-ci donnent la préſerence.***] Les uns pleins de chagrin contre leur ſiecle mettent les Anciens bien haut, uniquement pour rabaiſſer leurs contemporains. C'eſt d'ailleurs un moyen aſſuré de faire éclater ſon érudition ; les louanges qu'on donne aux celebres Auteurs de l'antiquité, ſuppoſent qu'on les entend parfaitement ; les autres au contraire plus jaloux de la reputation du bel eſprit que de celle de ſçavant, croiroient faire tort à leur propre gloire, s'ils accordoient aux Anciens quelque ſuperiorité ſur les Modernes, & c'eſt ainſi que le même amour propre jette les hommes dans des partis entierement oppoſés. *Voyez Fontenelle digreſſion ſur les Anciens & les Modernes, & la recherche de la verité. Premiere partie.*

C'eſt le même flambeau qui luit dans tous les
âges,
Il donne à notre tems des ſçavans & des ſages ;
Il en prepare encor pour les ſiecles futurs.
Les jours tantôt plus clairs & tantôt plus obſcurs,
Des choſes d'ici bas éprouvant l'inconſtance,
Ont leurs accroiſſemens comme leur decadence :
Tous les ſiecles ainſi plus ou moins éclairés
Par de rares eſprits ne ſont pas illuſtrés :
Reglez ſur le vrai ſeul votre juſte ſuffrage,
Et ſans chercher leur nom , leur païs , ou leur
âge,
Priſez les bons Auteurs & blâmez les mauvais.
D'eux-mêmes quelques-uns ne prononcent
jamais,
Actifs à ramaſſer ce que penſe la Ville,

REMARQUES.

Vers 47. [*Tous les ſiecles ainſi plus ou moins éclairés.*] Un Auteur a remarqué que dans tous les ſiécles les grands hommes ont preſque tous été contemporains,& que les Arts & les ſçiences y ſont arrivées à leur plus grande ſplendeur par un progrès ſubit , & qu'ils ne ſe ſont ſoutenus dans cet état floriſſant que pendant un petit nombre d'années ; non ſeulement les plus grands Peintres de toutes les écoles ont vécu dans le même tems , mais ils ont été les contemporains des grands Poëtes leurs compatriotes,les tems où les arts ont fleuri ſe ſont encore trouvés féconds en grands Sujets dans toutes les ſçiences , dans toutes les vertus & dans toutes les religions. *Voyez Velleïus Paterculus. Lib. premier & l'Auteur des reflexions critiques ſur la Poeſie & la Peinture. Tom. 2, Sect. 3.*

Chez eux le jugement est un meuble inutile.
Tout faux raisonnement est par eux adopté ;
Ils en font les honneurs sans l'avoir inventé.
Et d'autres plus legers sans chercher d'avantage,
Sur le nom de l'Auteur décident de l'ouvrage ;
C'est donc telle personne, & non pas tel écrit,
Que leur censure aprouve, ou bien qu'elle proscrit.

Mais je hais encore plus l'insipide arrogance
D'un homme né sans goût & plein de suffisance,
Qu'on souffre dans le monde à titre de sçavant,
Critique, infatigable à la table d'un Grand :
Il doit compte à *Mylord* des doctes bagatelles
Dont les jolis esprits amusent les ruelles.
Oh ! que ce Madrigal seroit de bas aloi,
S'il étoit d'un Auteur tel que Silvandre ou moi !
Qu'un Seigneur liberal s'en declare le pere ;

REMARQUES.

Vers 58. [*Sur le nom de l'Auteur decident de l'ouvrage.*] Il n'est pas si aisé de se faire un nom par un ouvrage parfait, que d'en faire valoir un mediocre par celui qu'on s'est deja acquis. *La Bruyere caracteres de ce siecle.*

Vers 69. (*Qu'un Seigneur liberal s'en declare le pere.*) L'idée qu'on a des Grands, de l'élevation de leurs sentimens, & sur tout de leur éducation en impose souvent sur leurs ouvrages: mais ce préjugé ne dure que pendant leur vie, la mort les remet dans l'égalité commune ; & les critiques ne les épargnent pas plus que les autres, dès qu'ils n'ont plus rien à craindre ou a esperer d'eux.

Il devient un chef-d'œuvre, on louë, on exagere,
Le tour en eſt charmant & le ſtile épuré :
Tout deffaut diſparoît devant ſon nom ſacré.
 Le préjugé conduit le credule vulgaire ;
Mais les Sçavans trompés par un abus contraire
Combattent la raiſon pour être ſinguliers,
Et ſe picquent d'avoir leur gouts particuliers;
Ils ont pour la plûpart vieilli dans l'habitude
De chercher le bon ſens loin de la multitude,
Et ſi par un hazard le peuple penſoit bien,
Ils raiſonneroient mal pour ne le ſuivre en rien :
De même en s'éloignant du ſimple Catholique,
Par un excès d'eſprit ſe perd le Schiſmatique.
 D'autres toujours changeans, flottent dans leur ſçavoir,
Et blament le matin ce qu'ils vantent le ſoir :
Ils traitent une Muſe ainſi qu'une Maitreſſe ;
Tantôt ſon fol amant l'adore & la careſſe ;
Et tantôt il l'outrage aux yeux de ſes rivaux.
Ils tiennent tour à tour pour le vrai pour le faux :
A preſent vos amis, bientôt vos adverſaires ;
Le même jour les voit dans deux partis contraires.
Du ſiécle où nous vivons aveugles Partiſans,
C'eſt le ſeul ſelon nous, où regna le bon ſens :

Nos Peres étoient bons, mais sans goût, sans finesse.
Nos enfans heritiers de la même foiblesse,
Prétendront à leur tour en savoir plus que nous,
Et se croiront en droit de nous traiter de foux.
Notre Isle de tout tems féconde en fanatiques,
Autrefois fourmilla de fougueux scolastiques:
La science des mots faisoit tout leur sçavoir;
Il sembloit que la foi soumise à leur pouvoir
Ne fût que pour fournir aux combats de l'Ecole
De chicanes sans fin la matiere frivole:

REMARQUES.

Vers 94. (*Nos enfans héritiers de la même foiblesse.*) Il n'y a personne, dit M. de Fontenelle, qui n'entre tout neuf dans le monde, & les sottises des Peres sont perdues pour les enfans.

Vers 98. (*Autrefois fourmilla de fougueux Scolastiques.*) Les Anglois se glorifioient autrefois d'avoir seuls fourni plus de Commentaires sur le Maître des sentences, que tout le reste de l'Europe. Un de leurs écrivains soutient, que la Scolastique étoit en usage parmi eux long-tems avant qu'elle fût connue dans l'Université de Paris, & qu'ils l'avoient emporté sur toutes les autres nations par la subtilité de leurs raisonnemens, & par l'artifice de leurs disputes. Heureusement nous n'avons plus aucun interêt de leur disputer une prééminence qu'ils font aujourd'hui gloire d'abandonner. *Voyez les jugemens des Sçavans.*

Vers 100. (*Il sembloit que la foi soumise à leur pouvoir.*) Si la Theologie souffrit pendant plusieurs siecles des vaines subtilités de la Logique, & du défaut de méthode si justement reproché aux sectateurs d'Aristote, n'a-t-elle rien à craindre aujourd'hui de cet esprit de sistême de Metaphysique, & même de Geometrie, que la Philosophie de Descartes a introduit parmi quelques-uns de nos Theologiens?

Chacun d'eux à couvert dans sa subtilité,
Montroit trop peu de sens pour être réfuté.
Et Scotiste, & Thomiste aujourd'hui sont tranquilles;
La raison am is fin à leurs guerres civiles.
Si donc selon les tems quoique la même en soi,
Sous differens dehors on a montré la foi;
Faudra t-il s'étonner que l'esprit s'accomode
Au bizarre pouvoir de l'inconstante mode?
Souvent du naturel les Auteurs s'écartans,
Sont forcés d'obëïr au mavais goût du tems.
Le bon sens les contraint de suivre la folie,
Qui malgré la raison s'est enfin établie:
Trop satisfaits de voir leurs ouvrages durer,
Tant qu'il plaît à des sots de lire, & d'admirer.
Tout homme de parti n'estime d'ordinaire,
Que ceux de son état, ou de son caractere,
Et s'arroge le droit d'obliger l'univers
A suivre aveuglément ses caprices divers.

REMARQUES.

Vers 117. (*Tout homme de parti n'estime d'ordinaire.*) Ces sortes de jugemens se font souvent de bonne foi. On n'y pense pas, dit l'Auteur de la Recherche de la verité; mais l'amour propre y pense pour nous, & sans que nous nous en appercevions; car il en est de cet amour propre, comme de la chaleur qui est dans le cœur de l'homme, & qui ne se sent pas, quoiqu'elle donne le mouvement à toutes les parties du corps.

On croit aimer les bons ; helas ! dans d'autres
hommes,
C'est nous que nous aimons, aveugles que nous
sommes.
Les sçavans divisez en partis differens,
Sont doublement aigris contre leurs concurrens,
Sur l'illustre *Dryden* l'orgueil & la malice
Epuiserent long-tems leur amere injustice :
Son bon sens triompha de leurs fades bons mots,
Et *Dryden* à son char enchaîna ses rivaux.
Le vrai merite enfin l'emporte sur l'envie :
Si par un coup du ciel il reprenoit la vie,
Des *Milbournes* jaloux, des *Blakmores* nouveaux

REMARQUES.

Vers 125. (*Sur l'illustre Dryden....*) Dryden est regardé comme le plus grand Poéte d'Angleterre, du moins par le prodigieux nombre de vers qui sont sortis de sa plume. On l'accuse d'avoir quelquefois abusé de sa facilité. Il est plein d'inégalités. Mais dans ceux de ses ouvrages où il s'est le plus negligé, on le plaint quelquefois, dit un homme d'esprit de son païs, mais on l'admire toûjours. Nous avons de lui quelques tragedies, & un grand nombre de comedies. Il a traduit en vers plusieurs Poétes Latins. Sa traduction de Virgile lui a fait un honneur infini dans sa nation. Il avoit eu des pensions considerables de la Cour. Mais sur la fin de sa vie, les caballes de ses ennemis, peut être méme sa mauvaise conduite les lui firent retrancher, & il est mort dans la misere. Ses ouvrages sont trois volume in folio, sans compter les fables qui sont in 8, & qui sont très-estimées.

Vers 131. (*Des Milbournes jaloux.*) L'Auteur des remarques sur la Dunciade de M. Pope, l'appelle le plus genereux de tous les critiques, parce que s'étant avisé d'écrire contre la

Armeroient pour le perdre ennemis & rivaux.
Qu'Homere renaiſſant vienne chanter Achille
Les enfers irrités vomiront un Zoïle.
Comme l'ombre fait voir la verité du corps,
Ainſi la pâle envie avec tous ſes efforts,
Au mérite éclatant ajoute un nouveau luſtre :
Tout Auteur envié devient bientôt illuſtre.
A peine le ſoleil paroît ſur l'horiſon,
Qu'auſſi-tôt de vapeurs s'éleve un tourbillon :
Mais ſes rayons puiſſans en forment des nuages,
Dont les vives couleurs, les bizarres images
Augmentent la ſplendeur de ſon char radieux,

REMARQUES.

traduction de Virgile par Dryden, il fit la juſtice à ce grand Poéte, d'en publier en même tems une autre de ſa façon : elle fut trouvée ſi pitoyable, qu'elle ne ſervit qu'à faire éclater la gloire de Dryden, & la honte de ſon critique.

Vers 131. (*Des Blakmores nouveaux*) Le Chevalier Richard Blakmore eſt le Scudery d'Angleterre. Il a écrit pluſieurs Romans en vers ſous le titre de Poéme épique. Il enfante, dit-on, tous les ans un gros volume. On prétend cependant qu'il a fait un Poéme ſur la Création, qui merite d'être lû. C'eſt un ouvrage Philoſophique dans le goût de Lucrece ; mais dont les principes n'ont rien de conforme à ceux du Poéte Epicurien.

Vers 134. (*Les enfers irrités vomiront un Zoïle.*) La memoire de Zoïle a été ſi odieuſe par cette fureur avec laquelle il s'acharna ſur les plus fameux Auteurs, tels que Platon & Iſocrate, mais ſur tout Homere, que perſonne ne s'eſt ſoucié de conſerver ni ſes ouvrages, ni l'hiſtoire de ſa vie. On ſçait ſeulement, que ſa mort a été violente, & ce qu'il y a de plus étonnant, une punition des injuſtes emportemens de ſa critique.

Et d'un jour plus brillant embellissent les Cieux.
Montrez-vous le premier à louer le merite ;
Si-tôt qu'à l'applaudir le Public vous invite,
Votre éloge tardif a perdu tout son prix :
Hélas ! tel est le sort des plus fameux écrits,
Sont-ils victorieux des efforts de l'envie ?
Leur beauté par le tems leur est bientôt ravie.
Un langage correct au tems de nos ayeux
Est aujourd'hui pour nous un jargon ennuyeux.
Dryden à qui le stile a couté tant de veilles
Bientôt comme *Chaucer* blessera nos oreilles.
Au bout de soixante ans à l'oubli condamné,
L'Ecrivain le plus pur paroîtra suranné.

REMARQUES.

Vers 151. (*Un langage correct au tems de nos Ayeux.*) Cela ne peut-être vrai que par rapport aux langues, qui n'ont pas encore acquis toute leur perfection. Dans les tems mêmes où les langues Grecques & Latines ont été les plus corrompues, les Ecrivains qui avoient composé dans l'âge où elles étoient dans toute leur force & leur pureté, ont toûjours été admirés. Quoi qu'aujourd'hui le stile des Italiens soit fort different de celui de Machiavel & de Guichardin, les bons Auteurs du siecle de Leon X ne sont point vieillis pour eux, & l'Abbé Fontanini nous assure, que tous les gens de bon goût de sa nation les préférent à leurs Contemporains. On peut dire par la même raison, que quand la langue Françoise viendroit à se corrompre, les illustres Ecrivains du siecle de Louis le Grand feront toujours l'admiration de ceux là même, qui ne pourroient les imiter. Voyez *les réflexions critiques sur la Poësie & la Peinture*, vol. 2. p. 406, *& Fontanini lettera sulla eloquenza Italiana.*

Vers 154. (*Bien-tôt comme Chaucer deviendra méprisable.*)

Ainsi que le pinceau dans la main des grands Maîtres
Sur la toile à leur gré forme de nouveaux êtres
Que toûjours attentive & prompte à leurs souhaits
La nature s'empresse à conduire leurs traits!
En vain de leurs couleurs la brillante harmonie
Devient avec le tems plus douce, & plus unie:
En vain chaque figure en sa perfection,
Semble remplie aux yeux de vie, & d'action;
Les fragiles couleurs par degrés se ternissent,
Et tant d'objets vivans avec elles périssent.
Ah! que du bel esprit le sort est malheureux!
De tous les dons du ciel c'est le plus dangereux.
Compense t-il jamais les maux que fait l'envie?
Par ses trompeurs attraits la jeunesse éblouïe,
S'enyvre d'un encens dont le parfum flateur
Se dissipe à l'instant, peu durable imposteur.
C'est une tendre fleur que le Printems fait naître,

Chaucer vivoit du tems de la Reine Elizabeth. Son langage a tellement vieilli que les Anglois d'aujourd'hui ne l'entendent presque plus. Il a composé un assez grand nombre de contes en vers. C'est l'Arioste des Anglois, un esprit riant & fécond, mais peu reglé. Ses Compatriotes admirent l'enjoument, & la naïveté de ses narrations. Mais il les égaie souvent aux dépens des Moines, & quelquefois même au dépens de la pudeur.

Qui meurt dans le moment qu'elle vient de paroître.
Qu'eſt-ce donc que l'eſprit dont on fait tant de cas ?
Une coquette aimable, & brillante d'appas,
Qui prodiguant ailleurs ſa joye, & ſa tendreſſe,
Ne porte à ſon époux qu'une froide triſteſſe.
S'il nous donne le pas ſur de foibles rivaux,
Il faut pour le garder redoubler ſes travaux.
Plus on donne au Public, plus le Public éxige:
Nuit & jour un Auteur médite, écrit, corrige;
Et dans l'eſpoir d'un nom travaille inceſſamment:
Il l'obtient avec peine, & le perd aiſement.
Sûr d'être critiqué, mais incertain de plaire;
Haï des vicieux, & ſuſpect au vulgaire;

REMARQUES.

Vers 181. (*Plus on donne au public, plus le public exige.*) C'eſt ce que M. de St. Evremond exprime admirablement bien en parlant de Corneille ; il eſt, dit-il, ſi admirable en quelques-unes de ſes piéces, qu'il ne ſe laiſſe pas ſouffrir ailleurs mediocre. Ce qui n'eſt pas excellent en lui, me ſemble mauvais, moins pour être mal, que pour n'avoir pas la perfection qu'il a ſçû donner à d'autres choſes. Ce n'eſt pas aſſez à Corneille de nous plaire legerement, il eſt obligé de nous toucher : s'il ne ravit nos eſprits, ils employeront leurs lumieres à connoître avec dégout la difference qu'il y a de lui à lui-même, & pour nous avoir plû trop ſouvent, il s'eſt impoſé la loi de le faire toujours.

Vers 184. (*Il l'obtient avec peine, & le perd aiſément.*) On ne feroit pas tant de cas de la reputation, ſi on faiſoit réflexion ſur l'injuſtice des hommes à l'établir, ou à la détruire.

Abandonné des bons, attaqué par les ſots,
Il ſuccombe ſouvent ſous leurs laches complots.
Si l'eſprit ſouffre tant de la folle ignorance,
Qu'il trouve un ſûr azile auprés de la ſcience.
Autrefois dans leur art les hommes excellens,
Voyoient recompenſer leurs ſoins, & leurs talens.
Que dis-je ? un noble effort avoit auſſi ſa gloire.
Si l'honneur du triomphe après une victoire
N'étoit qu'au General par les loix decerné,
Le Soldat à ſon rang y marchoit couronné.
A preſent ceux qu'on voit au ſommet du Parnaſſe,
Jaloux d'occuper ſeuls cette éclatante place,
Font de honteux efforts pour en précipiter
Les Poétes naiſſans qui tentent d'y monter.
Tandis que chaque Auteur plein d'une bile amere
Dans ſes jaloux tranſports déchire ſon confrere,
Les beaux eſprits aux mains ſont le jouet des ſots.
Toûjours mauvais amis; s'ils vantent leurs rivaux,
C'eſt grimace affectée, & pure bienſeance.
Tout Auteur peu loué, loue avec repugnance.

REMARQUES.

Vers 206, (*Tout Auteur peu loué, loue avec répugnance*) Nous

Eſt-il lâche moyen, eſt-il honteux détour ?
Que ne ſuggere pas l'inſatiable amour
De ce rien ſéduiſant, qu'on nomme Renommée ?
Ah qu'une telle ſoif dans votre ame allumée
Ne vous inſpire pas cette horrible noirceur.
Qu'on retrouve toûjours l'homme dans le cenſeur.
Le bon ſens, du bon cœur doit être inſéparable ;
Un grand & noble eſprit eſt indulgent, affable ;
Errer tient du mortel, pardonner eſt divin.
Mais ſi d'un cœur outré l'impetueux levain
Vous force d'exhaler ſa brulante furie,
Portez le zéle ardent d'une colere aigrie
Sur mille autres excès plus noirs & plus crians ;
On n'en trouve que trop en ces coupables tems.
Point de grace ſur tout à ces infâmes rimes.

REMARQUES.

ne louons ordinairement de bon cœur, que ceux qui nous admirent.

Vers 209. (*De ce rien ſeduiſant, qu'on nomme Renommée.*) Qu'eſt-ce donc en general que cette eſtime, & cette repûtation dont on eſt ſi follement jaloux ? Dans ceux qui nous l'accordent, un jugement fondé ſur la vue d'une petite partie de nous-mêmes, & ſur l'ignorance de tout le reſte. Dans nous-mêmes, ce n'eſt qu'un ſentiment de joie confus & injuſte, qui nous fait oublier toutes nos foibleſſes & nos imperfections, pour ne nous laiſſer voir que par le ſeul endroit par lequel nous avons ſurpris l'eſtime du public.

Vers 221. (*Point de grace ſur tout à ces infâmes rimes.*) J'ai été obligé de changer ici trois ou quatre vers dans leſquels l'Auteur, du moins au jugement de toutes les perſonnes que

Dont les traits libertins autoriſent les crimes:
Rejettez tout Auteur qui dans l'obſcénité,
Cherche un honteux remede à ſa ſterilité.
Mais un eſprit poli qui rend le vice aimable,
S'il eſt moins odieux, en eſt-il moins coupable?
Au milieu des douceurs de la proſperité
D'obſcénes Ecrivains le Royaume infecté
Vit regner dans nos vers une affreuſe licence.
Le Monarque endormi dans ſa molle indolence
Se livroit tout entier aux charmes de l'amour.
Une Maîtreſſe alors regloit tout à la Cour,
Vendoit à prix d'argent ou la Paix ou la Guerre,
Et du Prince à ſon gré gouvernoit le Tonnere.
D'une Piéce frivole aux yeux du Spectateur
Le Miniſtre d'Etat ſe déclaroit l'Auteur.

REMARQUES.

j'ai conſultées, en condamnant l'obſcenité, ſembloit tomber dans le défaut même qu'il blâmoit. Mais auſſi, faut-il convenir qu'il n'y a rien de plus chaſte, que la langue Françoiſe: cette même raiſon, m'a obligé de retrancher encore ailleurs deux comparaiſons.

Vers 230. (*Le Monarque endormi dans ſa molle indolence*) L'Auteur parle ici de Charles II, dont le caractere eſt aſſez connu, le Vicomte de Rocheſter diſoit de lui, qu'il n'avoit jamais rien dit de mal, ni jamais fait rien de bien.

Vers 236. (*Le Miniſtre d'Etat bravant le ſpectateur.*) M. Pope parle apparemment ici de Villiers Duc de Bouckingham, connu pour être l'Auteur de deux Comedies admirablement bien écrites. Le ſujet de l'une eſt tiré des nouvelles de Cernantes; & l'autre intitulée le *Reherſal*, eſt une parodie très-ingenieuſe des piéces de Theâtre qui avoient paru de ſon tems.

Les belles ſans rougir d'un ſpectacle lubrique
Ecoutoient hardiment un Poéte cynique:
D'un modeſte éventail on ne ſe couvroit plus
Pour gouter en ſecret les endroits diſſolus;
Et des Filles oſoient approuver d'un ſourire
Des traits qu'avant ce tems elles n'auroient pû lire,
Sans montrer ſur le front une chaſte pudeur.
L'eſprit régnoit alors, mais au dépens du cœur.
Un ſçavoir éclatant tenoit lieu de naiſſance;
Quoique jeune un Seigneur cachoit ſon ignorance.
La Cour par ſes préſens flattoit les beaux eſprits,
Et tous avec ardeur poliſſoient leurs écrits.
Sous le Regne ſuivant vint une autre licence
Un Monarque étranger, du lieu de ſa naiſſance
Apporta parmi nous les dogmes de Socin:
On but avidement ſon dangereux venin.

REMARQUES.

Vers 250. (*Un Monarque étranger.*] Guillaume III, Prince d'Orange étoit d'un caractere tout oppoſé à celui de ſon Predeceſſeur. Elevé dans le bruit des armes, ſon oreille, dit un Hiſtorien Anglois, n'étoit ſenſible à d'autre harmonie qu'à celle des tambours, & des trompetres. Il ne montra jamais de goût pour les beaux Arts, ni d'eſtime pour ceux qui s'y diſtinguoient. *Hiſtory of Ingland in tvvo vol.*

A l'Eglise, à l'Etat une étoile fatale,
Nous fit des Hollandois à dopter la morale;
Ils prirent tout notre or, nous leur Réligion.
Des Prédicans sans foi parmi la nation,
Vinrent par interêt annoncer la réforme;
Aux penchans de leurs cœurs, leur doctrine conforme,
Nous fournit des moyens de salut plus aisés:
Les Humains par le Ciel leur parurent lézés,
Et dans leurs libertés, & dans leur conscience:
Ils devoient plus user de leur indépendance,
Dans la crainte que Dieu, sans égard pour leurs droits,
D'un joug trop absolu ne fît sentir le poids.
La Chaire devenue aux pecheurs complaisante,
Ne fit plus retentir qu'une voix nonchalante:
Le vice fut surpris d'y trouver des fauteurs;
Et rendu moins timide à l'abry des flatteurs,
De modernes Titans par d'horribles blasphêmes
Oserent sans remords attaquer les cieux mêmes:

REMARQUES.

Vers 253. [*A l'Eglise, à l'Etat une Etoile fatale.*] Dans la crainte que ceux qui ignorent jusqu'où va la liberté Angloise, ne soient tentés de croire que j'aurois peut-être un peu chargé ce portrait, je ne puis m'empêcher d'avertir que ce morceau depuis le vers 228 jusqu'au 280, sont traduits de l'Anglois mot pour mot.

La presse nous transmit leurs funestes écrits,
Et la contagion gagna tous les esprits.
 Contre ces corrupteurs, contre ces frénétiques,
Tournez votre fureur, vifs & bouillans critiques :
Percez-les de vos traits, qu'ils tombent sous vos coups,
Je ne condamne point un si juste courroux.
Mais n'allez pas aussi vainement ridicules,
Mediter un Auteur avec trop de scrupules,
Et soupçonner par-tout quelque venin caché.
Tout semble également de pustules taché.
Une simple rougeur est un charbon funeste,

REMARQUES.

Vers 272. (*Et la contagion gagna tous les esprits*) Les Anglois prétendent que le grand nombre de libertins qui se trouvent parmi eux, ne doit pas faire deshonneur à leur Nation, puisqu'il n'y a, disent-il, que ceux là mêmes qui seroient hipocrites ailleurs, qui soient libertins en Angleterre.

Vers 277. (*Mais n'allez pas aussi vainement ridicules*) Un Auteur sérieux n'est pas obligé de remplir son esprit, de toutes les extravagances, de toutes les saletés, de tous les mauvais mots que l'on peut dire, & de toutes les ineptes applications que l'on peut faire au sujet de quelques endroits de son Ouvrage, & encore moins de les supprimer. Il est convaincu que quelque scrupuleuse exactitude qu'on ait dans la maniere d'écrire, la raillerie froide des mauvais plaisans, ou l'injustice des gens mal intentionés est un mal inévitable, & que les meilleures choses ne leur servent souvent qu'à leur faire dire une sotise. *La Bruyere, Caracteres de ce siécle.*

Au gré du Medecin qui veille ſur la peſte.
Dans la jauniſſe ainſi tout paroît jaune aux yeux.
Voulez-vous éviter de vous rendre odieux ?
Du ſage & vrai critique apprenez la morale.
Qu'à travers les détours d'un frauduleux Dedale,
Toujours un Magiſtrat trouve la vérité,
En jugera-t-il mieux, s'il manque d'équité ?
Ce n'eſt donc pas aſſez que plein d'intelligence,
Le Critique poſſede une vaſte ſcience,
Que la Nature & l'Art, uniſſant leurs efforts,
Daignent verſer ſur lui leurs plus riches tréſors.
Dans ſes déciſions qu'une candeur aimable,
Aux dures verités donne un tour agréable :
C'eſt peu par votre eſprit de vous faire eſtimer,
Je veux que le public s'empreſſe à vous aimer.
En vain votre critique eſt ſçavante & ſincére ;
De bruſques verités avec un air ſévére,
Font ſouvent plus de mal, qu'un menſonge poli.
Pour ſe faire écouter un critique accompli

REMARQUES.

Vers 299. (*Font ſouvent plus de mal qu'un menſonge poli.*) L'incivilité peut quelquefois paſſer à la faveur de la verité, mais jamais le menſonge à la faveur de la politeſſe : auſſi Monſieur Pope ne veut-il dire autre choſe ſinon que l'orſqu'on veut guérir l'eſprit, c'eſt très mal s'y prendre, que de bleſſer le cœur, & que la verité ſouffre quelquefois autant de la chaleur de ſes deffenſeurs que de la malice de ſes ennemis.

Dépose adroitement l'air & le ton de maître :
Veut-il être instructif ? il feint de ne pas l'être ;
Il sçait avec douceur entrer dans vos raisons ;
Vous diriez que de vous il réçoit des leçons.
L'austére verité déplaît sans politesse :
L'orgueil n'écoute point un censeur qui le blesse,
Je souffre avec chagrin, qu'on me fasse la loi,
Et je hais tout esprit, qui veut regner sur moi.
Dans le doute jamais ne rompez le silence ;
Certain d'avoir raison, un air de défiance
Fera mieux recevoir vos modestes avis.
Lorsque dans un travers donnent certains esprits,
Les plus fortes raisons n'ont plus sur eux d'empire.

REMARQUES.

Vers 301. (*Dépose adroitement l'air & le ton de Maître.*) Tout homme qui veut nous apprendre quelque chose que nous ignorions, prétend dès lors avoir plus de lumieres que nous, du moins sur le point dont il est question entre lui & nous. Ainsi il présente en même tems deux idées désagréables à l'amour propre : l'une que nous manquons de lumiere ; l'autre que lui qui nous instruit, nous surpasse en intelligence. La premiere nous humilie, la seconde irrite & excite notre jalousie. Et cette disposition secrete nous rend tout à la fois odieux & la verité qu'on nous enseigne, & le Maître qui voudroit nous l'enseigner. *Nicole du moyen de conserver la paix.*

Vers 308. [*Et je hais tout esprit qui veut regner sur moi.*] Il y a naturellement dans le cœur de l'homme je ne sçai quoi de grand, de noble, & d'élevé, qui fait qu'il ne peut rien souffrir au dessus de lui. C'est pourquoi nous relevons volontiers, dit Quintilien, ceux que nous trouvons abbattus, ou qui s'abaissent

Mais pour vous quelquefois aimez à vous dédire;
Et sans vous aveugler sur votre grand sçavoir,
Critiquez le matin les ouvrages du soir.
En vous quand un Auteur place sa confiance,
Gardez de le trahir par trop de complaisance.
Que dans tous vos avis regne la verité;
Préférez la justice à la civilité :
Et ne craignez jamais d'allumer la colere
D'un homme que l'esprit distingue du vulgaire.
Tout écrivain vraiment digne d'être admiré,
Ecoute avec plaisir un censeur éclairé.
Mais comment s'expliquer avec force & courage,
Lorsqu'un timide Auteur, en lisant son ouvrage,
Le ton de voix tremblant, & les yeux égarés,

REMARQUES.

eux-mêmes, parce que cela nous donne un air de superiorité, & que cet état d'abaissement ne laissant plus lieu à la jalousie, un sentiment naturel de bonté en prend aussi-tôt la place. Au contraire celui qui se fait trop valoir, blesse notre orgueil, en ce que nous croyons qu'il nous rabaisse & nous méprise, & qu'il ne semble pas tant s'élever lui-même, que faire descendre les autres au dessous de lui. *Instit. lib.* 11. *c.* 1.

Vers 314. (*Mais pour vous quelquefois aimez à vous dédire*) Après avoir manqué la premiere gloire qui consiste à suivre toujours la verité, la seconde est de revenir à la verité, lorsqu'on reconnoît qu'on s'est trompé. L'aveu de ses erreurs suppose dans celui qui le fait, un merite non commun, & une élévation d'ame qui sent bien que ses pertes ne sont point capables de lui faire de tort. Au-lieu qu'un petit esprit qui ne peut se dissimuler sa pauvreté, n'a garde de rien hazarder, ni de rien perdre volontairement du peu qu'il possede,

Frémit à chaque mot, que vous y censurez.
Critiquer un Seigneur, c'est lui faire une injure,
Il a droit sans esprit de braver la censure,
Et peut, quand il lui plaît, se donner pour Auteur,
Comme il peut sans sçavoir être reçu Docteur.
  Sincere, mais sans fiel, laissez à la satire
Le dangereux plaisir de mordre & de medire:
N'allez pas cependant louangeur ennuyeux,
Lâchement prodiguer l'encens fastidieux.
Qu'un Auteur importun, que la faim embarasse,
S'épuise en traits flatteurs dans une dédicace;

REMARQUES.

Vers 329. (*Critiquer un Seigneur, c'est lui faire une injure.*) Si la verité défend de flatter les Grands, la prudence permet quelquefois de respecter en silence leurs foiblesses. Car il n'est pas sûr, disoit un Sçavant, en parlant de l'Empereur Adrien, de se commettre avec un Auteur, qui a 30 légions sur pied pour se vanger, ou se défendre.

Vers 333. (*Sincére, mais sans fiel, laissez à la Satyre.*) Comme les flatteurs se brouillent avec le public, pour vouloir trop plaire aux particuliers; il arrive aussi que les faiseurs de Satyres, se brouillent quelquefois avec les particuliers, en voulant trop plaire au public. *Le P. Rapin.*

Vers 336. (*Lâchement prodiguer l'encens fastidieux.*) Quelque outrées que soient les louanges, il est bien difficile, dit M. de Fontenelle, qu'elles manquent de vrai-semblance, pour ceux à qui elles s'adressent. On en rabat seulement quelque chose, pour les reduire à une mesure un peu plus raisonnable. Mais à la verité, on n'en rabat guéres, & on se fait à soi-même bonne composition. On croit souvent meriter des louanges qu'on ne reçoit pas; & comment ne croiroit-on pas meriter celles qu'on réçoit? *Dialogue des Morts.*

Ses éloges forcés ne ſont pas mieux reçûs,
Que les ſermens qu'il fait de ne compoſer plus.
Sur de vils écrivains le mieux eſt de ſe taire ;
Laiſſez les ſots en paix dans leurs vers ſe complaire ;
Leur orgueil enyvré de menſonges flatteurs
Se conſole aiſément du mépris des lecteurs.
Le ſçavoir ne peut rien contre leur ignorance,
L'eſprit plein de projets, le cœur plein d'eſperance,
Sourds aux cris du bon ſens, ils vont toujours leur train ;
Inſenſibles aux coups, on les déchire en vain :
C'eſt un ſabot qui dort ſous le fouet qui l'agite.
Par le mauvais ſuccès leur courage s'irrite :
Tel on voit un joueur que le malheur pourſuit,
S'animer par la perte au jeu qui le ſéduit.
Combien en voyez-vous pleins d'une ſombre yvreſſe,
Arriver en rimant juſques à la vieilleſſe ?

REMARQUES.

Vers 349. (*C'eſt un ſabot qui dort ſous le fouet qui l'agite.*) Cette comparaiſon ne ſera pas du goût de tout le monde, mais on ne peut condamner ici l'Auteur, qu'on ne condamne en même-tems Virgile qui s'en eſt ſervi pour nous donner une vive idée du trouble & de l'agitation d'une Princeſſe; c'eſt au ſeptiéme livre de l'Enéide.

D'un cerveau ſans chaleur pitoyables enfans,
Leurs vers ſecs & glacés n'ont ni feu ni bon ſens :
Et dans les noirs accès de leur melancolie,
Ils n'ont d'autre Apollon qu'un reſte de folie.
Mais mépriſés de tous, ils ne ſont qu'ennuyeux.
Il eſt d'autres eſprits bien plus pernicieux ;
Un Pédant enyvré de ſa vaine ſcience,
Tout heriſſé de Grec & bouffi d'arrogance,

REMARQUES.

Ceu quondam torto volitans ſub verbere turbo
Quem pueri magno in gyro vacua atria circum
Intenti ludo exercent. Ille actus habena
Curvatis fertur ſpatiis : ſtupet inſcia turba,
Impubeſque manus, mirata volubile buxum ;
Dant animos plagæ ....

Mais je n'ai pû m'empêcher de changer les deux Vers ſuivans. M. Pope y comparoit les miſerables Poëtes uſés à une *Roſſe*, qui ne manque jamais de hauſſer le pas après avoir bronché : le mot de *Jade*, qu'on ne peut rendre en notre langue, que par celui de Roſſe ou d'Haridelle, & dont on ne ſe ſert jamais en Anglois, que pour exprimer un cheval ruiné, ou une femme mépriſable par ſa mal-propreté, ou par ſes mœurs, fait une peinture qu'aucun François ne me ſçaura mauvais gré de lui avoir épargnée. Je me flatte d'ailleurs, que celle que j'y ai ſubſtituée, rend aſſez bien la penſée de l'Auteur.

Vers 355. (*D'un cerveau ſans chaleur pitoyables enfans.*) J'ai ſupprimé encore ici une comparaiſon, qui a paru contraire à la modeſtie & à la bienſéance de notre langue.

Vers 361. (*Un Pédant enyvré de ſa vaine ſcience.*) Il eſt une ignorance vuide de choſes beaucoup moins mépriſable, que cette ignorance remplie d'erreurs & d'impertinence que l'on appelle fort ſouvent ſcience dans le monde. Au reſte ces quatre Vers ſont de Deſpreaux, Sat. 4. M. Pope les en a empruntés preſque mot pour mot ; & je ne pouvois mieux faire que de les rendre à leur Auteur.

Qui d'excellens Auteurs retenus mot pour mot,
Dans ſa tête entaſſés ſouvent n'a fait qu'un ſot,
Croit qu'on penſe de lui, comme lui-même en penſe,
Et que tout doit ceder à ſa docte impudence.
Juſqu'aux contes d'*Urfey*, ce grand homme à tout lû,
Et toujours ce qu'il lit, eſt par lui combattu:
Les Auteurs à l'entendre achetent leurs ouvrages,
Ou les doivent ſouvent à de honteux pillages:
Garth du *Diſpenſary* ne fut jamais l'Auteur....
Parle-t-on d'un Poéme? il en eſt l'inventeur....
Et ſi l'on eut ſuivi.... Mais voit-on un Poéte,
Corriger les écarts de ſa verve indiſcréte?
Contre ces diſcoureurs aucun azile ouvert;
L'Egliſe ou le parvis, rien n'en met à couvert.

REMARQUES.

Vers 367. (*Juſqu'aux Contes d'Urfey.*) Outre l'ouvrage dont il eſt ici queſtion, Urfey à écrit pluſieurs Comedies qui lui ont fait peu d'honneur. On prétend qu'il avoit du génie pour ces eſpeces de Vaudevilles, que les Anglois appellent Ballades; il a vêcu long tems, & n'a ceſſé de rimer, qu'en ceſſant de vivre.

Vers 371. (*Garth du Diſpenſary.*) C'eſt un Poéme Heroï-comique en 6 Chants, intitulé le *Diſpenſary* du nom d'une célébre Apoticairerie fondée dans le College des Medecins de Londres, pour le ſoulagement des pauvres. Samuel Garth Docteur en Medecine, entreprit cet ouvrage dans le deſſein de tourner en ridicule, ceux de ſes confreres qui ſe joignirent aux Apoticaires pour faire tomber un établiſſement ſi utile au public. Ce Poéme eſt rempli d'une Satyre très vive & très-piquante contre les abus de la medecine, & les preſtiges de ſes divers ſup-

Fuyez jusqu'aux Autels, leur auguste presence
Ne vous défendra point de leur impertinence:
Car un sot ridicule osera penetrer,
Où les Anges du ciel craignent même d'entrer.
Sagement circonspect, souvent un peu timide,
Ce n'est qu'avec lenteur, que le bon sens décide:
Il aime à s'expliquer toujours en peu de mots;
On parle rarement, quand on parle à propos.
Mais par un fol orgueil la sotise obsédée
Se répand en discours, ne suit que son idée;
Se parle, se répond, pousse son homme à bout,
Ne quitte point sa prise, & fait tête par-tout.

REMARQUES.

pots. Les mauvais Auteurs, & les prétendus beaux esprits de sa nation n'y sont pas plus épargnés. Rien n'est plus riant, ni plus neuf que ses descriptions; mais on les trouvera peut-être un peu trop chargées à la maniere Angloise. Tous les morceaux m'en ont paru parfaits & finis dans leur genre: je ne sçai cependant s'ils concourent également à la beauté du tout, ou pour mieux dire, s'ils font un tout: on pourra y trouver plus de finesse & de pensée que dans le Lutrin: mais je doute que la composition en paroisse aussi sage, & aussi réguliere que celle du Poëte François. Dans Boileau l'Héroïque & le Comique, sont pour ainsi dire entrelassés avec tant d'art, qu'on n'y apperçoit jamais l'un sans l'autre, & que deux genres si opposés semblent se prêter réciproquement des graces mutuelles, au-lieu que le Poëte Anglois se jette quelquefois dans des plaisanteries si basses, ou dans des digressions si sçavantes, qu'on perd à tout moment son dessein de vûe, & que tour à tour, on s'imagine lire un Poéme ou purement Comique ou purement serieux.

CHANT IV.

OU trouver un Cenſeur, dont le juſte ſuffrage,
Soit un garand certain du prix de votre ouvrage,
Toujours prêt à montrer l'exacte verité :
Qui rempli de ſçavoir, ſoit exemt de fierté ;
Dont l'eſprit dégagé de faveur ou de haine,
Soit du faux & du vrai la meſure certaine ;
Ferme dans ſes avis, mais ſans entêtement ;
Sans être ſcrupuleux, plein de diſcernement ;
Quoique ſçavant, poli ; quoique poli, ſincére ;
Hardi, mais ſans hauteur ; & ſans rigueur, ſévere ;
Aſſez ami du vrai, pour blâmer ſon ami ;
Aſſez droit, pour louer un rival ennemi ;
D'un goût exact & fin, de ſcience profonde ;
Sçachant également les livres, & le monde.
Qui doux, officieux, & civil ſans fadeur,
Aux talens de l'eſprit joigne les dons du cœur ?
Tels furent autrefois ces illuſtres critiques,
Dans des tems plus ſçavans modeles preſque uniques,
Qu'Athénes & que Rome ont vû jadis fleurir.
Aux contraintes de l'art, qu'il ſçut leur découvrir,

Ariſtote aſſervit l'audace des Poétes :
Il offrit à leurs yeux mille beautés ſecrettes,
Que la Nature avare avoit juſques alors
Loin des foibles mortels cachés dans ſes tréſors.
Les enfans d'Apollon, peuple fier & ſauvage,
Nés dans la liberté, redoutant l'eſclavage,
Vaincus par la raiſon qui parloit par ſa voix,
En ſentirent la force, & reçûrent ſes loix.

Horace dans le cœur puiſant tout ce qu'il penſe,
Par une gracieuſe & douce négligence,
Sans trop affecter l'art, nerveux, vif, & preſſant,
Eſt par-tout inſtructif, par-tout intereſſant,
C'eſt un ami prudent, mais ſans ceſſe agréable,
Qui méne à la raiſon par une route aimable.
Chez lui le jugement auſſi grand que l'eſprit,
Donne de la vigueur à tout ce qu'il écrit.
Ses ouvrages divers renferment la pratique
Des regles que preſcrit ſa brillante critique.
Il juge de ſang froid, & compoſe avec feu :
Sur ce point nos Cenſeurs lui reſſemblent trop peu ;
Leur eſprit auſſi froid qu'un barbare apophtegme,
Critique avec chaleur, & compoſe avec flegme.

Denis ſans ſe parer d'un ſçavoir affecté,
D'Homere à ſon lecteur fait ſentir la beauté.
Habile à pénétrer dans l'eſprit du Poëte,
Il trouve en chaque vers quelque grace ſecrete.
Petrone plein de ſel, & d'un vif enjouement,
Inſtruit dans ſon ouvrage, & plaît également;
Avec l'air enchanteur de la cour & du monde,
Il unit d'un ſçavant la ſcience profonde.
Par l'ordre ingénieux qui régne en ſes écrits,

REMARQUES.

Vers 43. (*Denis ſans ſe parer d'un ſçavoir affecté.*) L'auteur veut parler ici de Denis d'Halicarnaſſe. Il n'eſt pas ſur cependant que les fragmens de critique qui portent ſon nom, ſoient de ce celebre hiſtorien; mais tous conviennent qu'ils ſont remplis d'une critique très fine, & très judicieuſe. Par les ouvrages qui nous en reſtent, il ne paroît point qu'il eut fait un commentaire entier ſur Homere : mias il en avoit expliqué beaucoup de paſſages, & ſes explications peuvent être regardées comme une methode ſure pour arriver à l'intelligence des autres.

Vers 47. (*Petrone plein de ſel, & d'un vif enjoument.*) Il eſt étonnant que l'auteur après ce qu'il nous a dit Chant. 3, vers 221. ait pu tomber dans une contradiction auſſi dangereuſe que celle de louer ſans correctif un auteur tel que Petrone. Ignoroit il que ſes peintures ſont ſi licentieuſes, & ſes deſcriptions ſi paſſionnées, que de l'aveu de M. Saint Evremond ſon admirateur, elles inſpirent le libertinage & la débauche. On ne peut donc s'empécher à l'exemple du P. Jouvency * d'avertir ici les jeunes gens que l'affreuſe impureté qui fait le fond de ſes ouvrages eſt bien plus capable d'allumer les paſſions, & de corrompre le cœur, que la pureté d'expreſſion qu'on y admire, & quelques traits de fine critique qui n'y ſont jettés qu'en paſſant, ne ſont propres à polir l'eſprit & à former le jugement.

* *De ratione diſcendi & docendi.*

Le Grand Quintilien ſ'empare des eſprits ;
Ses préceptes brillans d'une lumiere pure,
Semblent être puiſés au ſein de la nature.
C'eſt ainſi qu'avec art dans les dépots de Mars,
Sont rangés les drapeaux, les piques, & les dars ;
Non pour offrir aux yeux une parade vaine ;
Mais placés avec ordre, on les trouve ſans peine.
Pour vous, hardi Longin, les neuf Sœurs à la fois
Paroiſſent inſpirer & regler votre voix.
Malgré ſes fiers tranſports, & ſon feu poëtique,
Sage dans ſes excès, ſa preſſante critique
Marchant toujours au vrai, jamais ne ſe dement,
Et malgré nous ſaiſit notre conſentement :
Des maximes qu'il donne obſervateur fidéle,
Lui-même du ſublime eſt un rare modéle.

Les Critiques long-tems conſerverent leurs droits,
Et malgré les abus firent regner les loix.
L'Empire & la ſcience eurent même fortune ;
Egaux dans leurs progrès leur gloire fut commune.
Par tout où le Romain planta ſes étendarts,
Sur les pas du vainqueur, on vit marcher les arts :
Aux mêmes ennemis l'un & l'autre cederent ;
Frappés des mêmes coups Rome & les arts tomberent.

Sous le joug des tirans les peuples abbatus ;
Avec leur liberté perdirent leurs vertus :
La Superstition, fille de l'Ignorance,
Bannit de l'univers le goût & la science.
On eut beaucoup de foi, mais très-peu de raison :
Etre simple & grossier, s'appelloit être bon.
Un déluge nouveau vint encore détruire
Les débris du sçavoir avec ceux de l'Empire ;
Et les Moines marchant sur les traces des Gots,
Le monde alloit rentrer dans son premier cahos.

Par le bien & le mal illustre dans l'histoire,
Erasme de l'Eglise & la honte & la gloire,
Contre tous presque seul porta le coup fatal
Au reste de ce goût Gothique & Monachal.

REMARQUES.

Vers 83. (*Et les Moines marchant sur les traces des Gots.*) Dans ces siecles d'ignorance les moines furent les seuls qui montrerent du gout, & de l'amour pour les belles lettres. Il est donc de la reconnoissance de les louer du travail, & de l'application avec lesquels ils nous ont transmis les celebres auteurs de l'antiquité, & de la justice de rejetter sur le malheur des tems où ils vivoient, tout ce qu'il y a de barbare & de grossier dans leurs écrits.

Vers 85. (*Par le bien & le mal illustre dans l'Histoire.*) Ceux qui ont lû avec plaisir l'Apologie d'Erasme par M. Marsollier, seront peut-être surpris du portrait qu'on en fait ici, sur tout après le mauvais acueil qu'on a fait à la réfutation de cette apologie. Feu M. Bossuet qui parle souvent d'Erasme dans son histoire des Variations, a cru devoir abandonner sa memoire au jugement de Dieu, sans oser la défendre ni la condamner. Et c'est peut-être là le parti le plus sage, puisque ceux même qui l'admirent davantage, n'oseroient canoniser toute sa conduite.

Au tems du Grand Leon, tout prend une autre face,
Tout d'un nouvel éclat brille sur le Parnasse:
Je revois les neuf Sœurs dans leurs premiers appas;
Une foule d'amans s'empressent sur leurs pas.
Le Genie ancien de Rome la superbe,
Caché dans ses débris, enseveli sous l'herbe,
Leve sa tête altiére, & reprend ses honneurs:
La Peinture rénaît avec toutes ses sœurs:
On voit entre les mains de l'adroite sculpture,
Le marbre s'animer, & vaincre la nature:
Déja tout rétentit des sons harmonieux:
Le Poéte reprend le langage des Dieux:
Les beaux arts retrouvés, paroissent dans leur lustre,
Et donnent aux sçavans plus d'un modéle illustre.
Raphael peint: Vida fait entendre sa voix,

REMARQUES.

Vers 89 (*Au tems du Grand Leon.*) Le Pape Leon X & Côme de Medicis furent les restaurateurs des lettres en Italie, comme François I. le fut en France.

Vers 103. [*Vida fait entendre sa voix*] Jerome Vida mort Evêque d'Albe en 1500. a fait un Art Poétique qui est generalement estimé. La versification en est noble;il y regne un bel ordre. Mais on lui reproche de parler plutôt en Poéte qu'en Maitre qui donne des préceptes, & d'y avoir moins cherché à instruire qu'à plaire. L'auteur l'appele ici, *Des conseils éternels.*

Cet immortel Vida, qui joignit à la fois
Le lierre du Critique au laurier du Poëte,
Des conseils éternels grand & sage interprete.
Mais bien-tôt l'Italie en feu de toutes parts
Vit passer dans le Nord la science & les arts.
Moins esclave qu'ami du pouvoir Monarchique
Le François remporta le prix de la critique;
Sous le joug de la regle il est en liberté.
Boileau, critique amer, mais plein de verité,
Toujours dans ses léçons d'accord avec Horace,
Se rendit la terreur & l'amour du Parnasse.
Pour nous avec le lait qui suçons le mépris
De tout ce qui paroît captiver les esprits,
Nous ne connoissons point, ces regles étrangéres:

REMARQUES.

grand & sage Interpréte, parce qu'il a composé un Poéme sur la mort de Jesus-Christ intitulé la Christiade, qui est, à dire vrai, le moins parfait de ses ouvrages. Il y a cependant beaucoup d'invention, ou pour mieux dire il n'y en a que trop. On y voit le sacré & le prophane mélés ensemble, & les fictions des Poétes confondues avec les Oracles des Prophétes. Mais tel étoit alors le gout de son païs. Vida ne laissoit pas d'être très versé dans la science ecclesiastique, & on a de lui plusieurs ouvrages qui ne font pas moins d'honneur à sa pieté qu'à son érudition. *Voiez les jugemens des Sçavans.*

Vers 105. (*Le Liere du Critique au Laurier du Poéte.*) Je ne sçai pourquoi M. Pope affecte le Liere aux Critiques, comme le Laurier aux Poétes. Servius & les autres Commentateurs que j'ai consultés sur le Vers de Virgile;

Pastores hederâ crescentem ornate Poëtam. Eclog. 7.

ne disent point que l'usage fût de couronner les Critiques de Liere.

Sans

Sans nous civiliſer, obſtinés téméraires,
Ainſi qu'au tems paſſé nous bravons les Romains.
Quelques-uns cependant plus inſtruits, & moins vains,
Qui de la liberté diſtinguoient la licence,
Charmés des Anciens, en prirent la défenſe,
Reſſerrerent l'eſprit dans ſes premieres loix;
Et des regles de l'art firent ſentir le poids.
Tel étoit ce grand Maître & de proſe & de rime,
Qui ſoûtint qu'un écrit en ſon genre ſublime,
Où l'eſprit, la raiſon, formoient un noble accord,
Etoit de la nature & la gloire & l'effort.
Tel étoit *Roſcomon*, Auteur dont la naiſſance

REMARQUES.

Vers 125. (*Tel étoit ce grand maitre & de proſe & de rime.*) Mulgrave Duc de Bouckingham dans un petit Poéme qui a pour titre *Eſſai ſur la Poéſie.* On a encore de lui quelques poéſies & des Mémoires Hiſtoriques dont le tour & la politeſſe marquent un gout exquis. Il ſe piquoit de devoir tout à ſon propre génie. On aſſure neanmoins qu'il mépriſoit plutôt les lettres qu'il ne les ignoroit.

Vers 129. (*Tel étoit Roſcomon.*) Le Comte de Roſcomon étoit Pair d'Irlande. La difference qu'il y avoit entre lui & le Duc de Bouckingham, c'eſt que le dernier faiſoit vanité de n'être point ſçavant, & que le premier l'étoit réellement ſans en tirer vanité. Il nous reſte de lui une traduction en vers de l'Art Poétique d'Horace, un Poéme intitulé *Eſſai ſur la maniere de traduire en vers*, & quelques-autres poéſies qui ſont toutes marquées au bon coin.

Egaloit la bonté, l'esprit, & la science.
Des Grecs & des Latins partisan declaré;
Il aimoit leurs écrits, mais en juge éclairé:
Injuste pour lui seul, pour tout autre équitable,
Toujours au vrai merite on le vit favorable.
Du Parnasse envieux, ce mortel si cheri,
Tel *Walsh*, des doctes Soeurs le juge favori,
Condamnoit sans aigreur, & louoit sans bassesse;
Cœur rempli de droiture, esprit plein de justesse,
Doux & compatissant pour les fautes d'autrui,
Il fut de la vertu le plus solide appui.
Chere ombre recevez, pour prix de mon estime,
D'un cœur reconnoissant le tribut legitime:
Jeune, conduit par vous, dans le sacré Vallon,
Votre esprit lumineux me tint lieu d'Apollon:
Mais separé de vous, sans ardeur, sans ressources,
Je ne hazarde plus que de legeres courses,
Content si dans ces vers negligés, & sans fard,
Aux Poétes naissans je développe l'art,

REMARQUES.

Vers 136. (*Tel Walsh des doctes Sœurs le juge favori.*) Jonhson Imprimeur à Londres a donné six volumes d'œuvres mêlés. C'est là seulement qu'on trouve les restes inestimables du sieur Walsh. Quoique très exact dans ses compositions, elles ont un air libre & négligé qui leur donne une grace & une douceur singuliere. C'est domage que le respect qu'il avoit pour le public, l'ait engagé à supprimer plusieurs de ses piéces dans lesquelles tout autre que lui n'auroit peut-être trouvé aucun éfaut.

Si des plus grands Auteurs reglant la confiance,
Par d'utiles conſeils j'affermis la ſcience.
La Satire me trouve inſenſible à ſes traits;
La gloire n'a pour moi que de foibles attraits;
Je loue avec plaiſir, reprens avec courage;
Et fais grace à l'Auteur, mais jamais à l'ouvrage.
Eloigné de médire autant que de flatter,
Entre ces deux excès je me ſçais arrêter;
Et loin de m'aveugler ſur mes propres caprices,
J'oſe juſque ſur moi faire la guerre aux vices.

REMARQUES.

Vers 152. (*La gloire n'a pour moi que de foibles attraits.*) Les grands genies recoivent la reputation, lorſqu'elle vient à eux; mais ils ne courent point au devant d'elle. Les belles choſes leur ſont ſi naturelles qu'ils ne s'en apercoivent preſque point. Comme elles leur coutent peu, ils les font peu valoir; au-lieu qu'un eſprit borné qui ſe défie de ſes forces, à qui le beau échape comme par hazard, & qui ne le trouve, pour ainſi dire, que hors de lui-même, ſaiſit avidement tout ce qui le reléve, dans la crainte de n'en plus retrouver l'occaſion, & ſe perſuade toujours que le public lui doit des aplaudiſſemens proportionnés à la peine & au travail que ſes ouvrages lui ont couté.

FIN.

De l'Imprimerie de PH. NIC. LOTTIN, rue S. Jacques, à la Vérité.

Fautes à corriger.

Dans le Discours.

Page.	*Ligne.*	*Fautes.*	*Corrections.*
3	6	de Despreaux	de M. Despreaux.
24	22	fournissant	fournissoient.
25	11 & 20	Fontamini	Fontanini.

Dans le Poéme.

8	23	à nous aveugler	à les aveugler.
18	25	fait sur l'esprit	font sur l'esprit.
39	9	encore plus	encor plus.
69	13	des sons	de sons.

APPROBATION.

De M. l'Abbé SALLIER *de l'Académie Françoise, Garde de la Bibliotheque du Roi, Professeur Royal, Censeur des Livres.*

J'ai lû par ordre de Monseigneur le Garde des Sceaux un Manuscrit qui a pour titre : *Essai sur la Critique, Poeme traduit de l'Anglois de M. Pope, avec un Discours & des remarques Critiques par le Traducteur*, & j'ai crû que l'impression en seroit agréable & utile au Public. A Paris le 5. Décembre 1729, SALLIER.

PRIVILEGE DU ROI.

LOUIS PAR LA GRACE DE DIEU, ROI DE FRANCE ET DE NAVARRE : A nos amés & feaux Conseillers, les Gens tenans nos Cours de Parlement, Maîtres des Requêtes ordinaires de notre Hôtel, Grand-Conseil Prevôt de Paris, Baillifs, Sénéchaux, leurs Lieutenans Civils, & autres nos Justiciers qu'il appartiendra ; SALUT. Notre bien amé PH. NIC. LOTTIN, Libraire & Imprimeur à Paris ; Nous ayant fait remontrer qu'il lui auroit été mis en main un Manuscrit qui a pour titre : *Essai sur la Critique, Poéme traduit en vers François sur l'Anglois du Sieur Pope, avec des Notes*, qu'il souhaiteroit imprimer ou faire imprimer & donner au Public, s'il nous plaisoit lui accorder nos Lettres de Privilege sur ce nécessaires ; offrant pour cet effet de l'imprimer ou faire imprimer en bon papier & beaux caracteres, suivant la feuille imprimée & attachée pour modele sus le contrescel des Présentes : A CES CAUSES, voulant favorablement traiter ledit Exposant, Nous lui avons permis & permettons par ces Présentes, d'imprimer ou faire imprimer ledit Livre ci-dessus specifié en un ou plusieurs volumes, conjointement ou séparément, & autant de fois que bon lui semblera, sur papier & caracteres conformes à ladite feuille imprimée & attachée sous notre contrescel, & de le vendre, faire vendre & débiter par tout notre Royaume, pendant le tems de six années consécutives, à compter du jour de la date desdites Présentes, faisons défenses à toutes sortes de personnes de quelque qualité & condition qu'elles soient, d'en introduire d'impression étrangere dans aucun lieu de notre obéissance, comme aussi à tous Imprimeurs, Libraires & autres, d'imprimer, faire imprimer, vendre, faire vendre, débiter ni contrefaire ledit Livre ci-dessus exposé en tout ni en partie, ni d'en faire aucuns extraits, sous quelque prétexte que ce soit, d'augmentation, correction, changement de titre ou autrement, sans la permission expresse & par écrit dudit Exposant, ou de ceux qui auront droit de lui, à peine de confiscation des Exemplaires contrefaits, de quinze cens livres d'amende, contre chacun des contrevenans, dont un tiers à Nous, un tiers à l'Hôtel-Dieu de Paris, l'autre tiers audit Exposant, & de tous dépens, dommages & interets; à la charge que ces Presentes seront enregistrées tout au long sur le Registre de la Communauté des Imprimeurs & Libraires de Paris, dans trois mois de la datte d'icelles, que l'impression de ce Livre sera faite dans nôtre Royaume & non ailleurs, & que l'impetrant se conformera en tout aux Reglemens de la Librairie, & notamment à celui du dixiéme Avril 1725 & qu'avant que de l'exposer en vente le Manuscrit ou Imprimé qui aura servi de copie à l'impression dudit Livre, sera remis dans le même état où l'approbation y aura été donnée ès mains de notre très-cher & feal Chevalier Garde des Sceaux de France, le Sieur Chauvelin, & qu'il en sera ensuite remis deux Exemplaires dans notre Bibliotheque publique, un dans celle de notre Château du Louvre, un dans celle de notre très-cher & feal Chevalier Garde des Sceaux de France le Sieur Chauvelin, le tout à peine de nullité des Presentes, du contenu desquelles vous mandons & enjoignons de faire jouir l'exposant ou ses ayans cause, pleinement & paisiblement, sans souffrir qu'il leur soit fait aucun trouble ni empêchement, Voulons que la copie desdites Presentes, qui sera imprimée tout au long au commencement ou à la fin dudit Livre, soit tenue pour duement signifiée, & qu'aux copies collationnées par l'un de nos amés & feaux Conseillers & Secretaires, foy soit ajoutée comme à l'Original; Commandons au Premier notre Huissier ou Sergent, de faire pour l'execution d'icelles, tous actes requis & necessaires, sans demander autre permission, & nonobstant clameur de Haro, Charte Normande, & Lettres à ce contraire; CAR tel est notre plaisir. DONNÉ à Versailles le trente-uniéme jour du mois de Décembre, l'an de grace mil sept cens vingt-neuf, & de notre Regne le quinziéme. Par le Roy en son Conseil. NOBLET.

Registré sur le Registre de la Chambre Royale des Libraires & Imprimeurs de Paris No. 498 *fol.* 445 *conformément aux Anciens Reglemens confirmés par celui du* 28 *Fevrier* 1723. *à Paris le* 27 *Janvier* 1730.
Signé LE MERCIER, Syndic.

www.ingramcontent.com/pod-product-compliance
Ingram Content Group UK Ltd.
Pitfield, Milton Keynes, MK11 3LW, UK
UKHW021101260726
13994UKWH00002B/637